AF220686

Italien. Ausgerechnet Italien. Hätte mir jemand am Anfang des Jahres gesagt, dass ich meine Sommerferien in Italien verbringen würde, ich hätte nur gelacht. Was sollte ich als Norddeutscher denn ausgerechnet in Italien? Aber es kam anders und statt in mein geliebtes Dänemark, sollte es im Sommer nun mit der Familie nach Italien gehen. Pizza, Pasta, heiße Füße und dazu eine mir gänzlich fremde Sprache, die mit viel zu viel Gestik unterlegt ist.

Ein Nordlicht zwischen Bergen, italienischem Wein, Cannelloni, Espresso und Grappa. Gelati am Badesee und der Erkenntnis, dass man mit Flip Flops sehr wohl wandern gehen kann.

Ich bin seit 1972 Hamburger, lebe und arbeite hier so vor mich hin und genieße ansonsten im Urlaub eigentlich am liebsten die angenehmen Temperaturen in Skandinavien. Flachländer durch und durch. Aber manchmal muss es dann doch auch einfach mal Italien sein.

© 2021, Sven Lepthin
Herstellung und Verlag: BoD – Books on
Demand, Norderstedt
ISBN: 9783755737759

Sven Lepthin

Pizza, Pasta, Miasino

Ausgerechnet Italien

Für meine kleine Familie

Prolog

Die Straße führte uns Kehre um Kehre immer weiter nach oben. Wie weit würde es noch sein? Wie hoch waren wir bereits? Ich konnte es nicht abschätzen. Der Anstieg wirkte unendlich und ich fragte mich, ob wir unser Ziel unter oder doch über den Wolken finden würden. Der Druck in den Ohren stieg und ich musste schlucken, um einen Druckausgleich zu schaffen. Jederzeit konnten wir die Vegetationsgrenze erreichen, ab der uns nur noch Moose und Flechten auf dem weiteren Weg begleiten würden. Sollten wir etwa auch noch die Schneegrenze passieren? Ich erwartete jederzeit Gämse die Straße kreuzen zu sehen.

Doch noch begleitete uns eine mir fremde Vegetation. Olivenbäume, Zypressen und Pinien sollten es wohl sein. Behauptete zumindest unser Reiseführer, der vorgab sich hier bestens auszukennen. Wir schenkten ihm unser blindes Vertrauen. Er kam immerhin aus einem renommierten Buchverlag.

Wir folgten stur der Straße, die uns unser Navigationsgerät emotionslos empfahl. Und tatsächlich flachte mit einem Male die Straße nach einer weiteren engen Kurve ab und vor uns öffnete sich die Einfahrt zu einem kleinen italienischen Bergdorf. Zivilisation! Ich jubelte innerlich und atmete erleichtert auf. Wir hatten den Aufstieg ohne größere Verluste geschafft. Eine übermenschliche Leistung, wie ich fand.

Irgendwo hier sollte unsere für zwei Wochen gemietete Ferienwohnung sein. Wir machten noch eine kurze Pause auf dem kleinen Marktplatz, der sich klein, aber fein in die Mitte des Örtchens schmiegte. Eingebettet zwischen sandsteinfarbenen Häusern, die keinen Zweifel daran ließen, dass der Ort schon länger hier stand. Seit einigen Jahrhunderten vermutlich, und dies wohl ziemlich unverändert.

Der Anstieg bis zu diesem pittoresken kleinen Marktplatz erschien mir wie der Weg zum Dach der Welt. Es schien mir auch, dass die Luft hier oben schon sehr viel dünner war und das Atmen um einiges schwerer fiel als noch unten im Tal. In solchen Höhen soll Viagra helfen, um die Sauerstoffaufnahme des Blutes zu verbessern, erinnerte ich mich mal gelesen zu haben. Panik stieg in mir auf; ich hatte keins. Was für eine Fahrlässigkeit bei der Reiseplanung. Der Gedanke ließ den Druck auf die Lunge noch schmerzlicher werden.

Ich war erschöpft. Zwei Tage Autoreise lagen hinter uns. Ich versuchte tief durchzuatmen, es fehlte mir an ausreichend Sauerstoff. Wie konnte man hier oben nur überleben? Ein kleines Schild an einer der Hausfassaden offenbarte uns stolz – Miasino, 479 Meter über Normalnull. Einem Norddeutschen kommt diese Höhe dem Besuch eines nepalesischen Bergdorfes gleich.

Wege führen, nur wohin?

Wie konnte das passieren? Wieso ausgerechnet Italien? Hätte mir jemand am Anfang des Jahres gesagt, dass ich meinen Sommerurlaub in Italien verbringen würde – ein Norddeutscher in den Bergen Norditaliens - ich hätte nur gelacht.

Eigentlich wollte ich doch mit einem Wohnmobil durch den schwedischen Sommer fahren. Links und rechts Nadelwälder, SAABs und Elche gucken. Campieren, wo sich Fuchs und Mücke gute Nacht wünschen und dabei gemütlich Knäckebrot und Boller essen. Aber es kam in diesem Jahr irgendwie anders. So ganz anders.

<u>Das Navi sagt: Noch 696 Kilometer bis nach Hamburg</u>

Ich habe gerade ein wenig Zeit und Ruhe, um noch einmal über die vergangenen Wochen und das Erlebte nachzudenken. Auf der Autobahn in Höhe von Ulm ist wenig los und ich kann entspannt auf der rechten Spur meinem noch weiten Weg in Richtung Hamburg folgen.

Das monotone Brummen des Motors hat alle eingeschläfert. Die Kinder schlafen auf der Rückbank des Autos und auch meine Frau scheint hinter ihrer dunklen Sonnenbrille zu schlafen. Das kann sie gut. Schlafen im Auto, ohne schlafend auszusehen. Aufrecht sitzend, den Blick geradeaus gerichtet. Aber von der Seite kann ich ihre geschlossenen Augen hinter den blauen Gläsern sehen. „Das war ein echt schwieriges Unterfangen für dieses Jahr einen Sommerurlaub zu buchen", stelle ich kopfschüttelnd für mich noch einmal fest und muss unweigerlich dabei an die wundersamen Wendungen in unserer Urlaubsplanung im Vorfeld denken. Ich kann mir ein Lächeln nicht verkneifen. Ein seltsamer und unerwarteter Weg war es bis hierher.

Der Rückweg aus dem Sommerurlaub zieht sich. Autobahnfahrten sind ja meistens eher eine langweilige Angelegenheit und deutsche Autobahnen sind auch nicht unbedingt berühmt für ihren Abwechslungsreichtum links und rechts der Fahrbahn. In den meisten Fällen ist eine hohe Böschung ein ständiger Begleiter, der die Sicht auf das Leben neben der Autobahn versperrt. Aber irgendwie genieße ich trotz dessen die herrschende Ruhe im Auto und das monotone Außen hinter den Fenstern. Ich habe kein Problem damit lange Strecken auf der Autobahn hinter dem Lenkrad zu sitzen und auf diese Art und Weise viele Kilometer zurückzulegen. Es hat sogar etwas Beruhigendes. Zumindest, wenn nicht zu viele andere Autofahrer unterwegs sind und mit ihrer mangelnden Verkehrserziehung an meinem Nervenkostüm zerren. Vor allem diese elendigen Mittelspurfahrer, die mit ihrer stoischen und selbstgefälligen Ruhe den laufenden Verkehr blockieren, heben gerne meinen Adrenalinspiegel auf ungewollte Höhen. Ich muss leider zugeben, ich hege dann wenig empathische Gefühle für diese ungewollten Verkehrsteilnehmer. Hier und jetzt ist alles gut, kein Mittelspurfahrer weit und breit. Der Verkehr rollt. Mein Adrenalinausstoß ist auf ein Minimum reduziert.

Ich blicke noch einmal zur Seite. Gut sieht sie aus mit ihrer azurblau getönten Sonnenbrille auf der Nase, zart gefasst in einem goldenen Rahmen. Ein Mitbringsel aus Italien. Ein Mitbringsel mit einer längeren Geschichte. Die Brille fand nicht sofort den Weg auf ihre Nase.

Ich muss unweigerlich an die kleinen Gassen in dem Ort Stresa am Lago Maggiore denken, in denen wir diese Brille erstanden haben. Für läppische fünf Euro. In einem nicht besonders italienischen Laden, wie ich gestehen muss. Aber das war bereits das Ende einer langen Vorgeschichte. Die eigentliche Geschichte begann schon einige Tage vor unserem Ausflug nach Stresa. Genauer gesagt in Mailand.

Ein ja durchaus als Sehnsuchtsort modebewusster Menschen bekannter Ort. Doch trotz aller konsumentenfreundlicher Versprechungen blieb der kaufreizgetränkte Rausch bei uns aus. Lediglich in einem kleinen Shop hinter dem Mailänder Dom kam kurzzeitig eine unsichere, eventuell mit etwas Frust gepaarte Kauflust auf. Es war auch das letzte Geschäft, welches wir nach einem langen Tag in dieser ansonsten wunderschönen Stadt besuchten. Der kleine Shop, betrieben von einem kleinen Autohersteller namens Ferrari, weckte die letzte Hoffnung, doch noch etwas aus Mailand als Souvenir mit nehmen zu können.

Es wurde mit einer Sonnenbrille geliebäugelt, die wohl Kontakt zu meiner Frau aufgenommen hatte. Aber das Gespräch dauerte und, während meine Frau noch im Zwiegespräch mit der Brille, ihre `Ich-muss-da-noch-einmal-drüber-nachden-ken-runde´ durch den Laden drehte, ließ ich mich in der Zwischenzeit ebenso durch die Gänge des Ferrariwunderlandes treiben.

Was es hier alles gab. Die obligatorischen Schlüsselanhänger, die roten Schumimützen, Badehandtücher und natürlich Armbanduhren. Alle mit dem bekannten Logo verziert. Im Kellergeschoss konnte man sogar im Monocoque eines Formel-1-Boliden virtuell Runden auf einer Rennstrecke ziehen. Ein beeindruckender Fahrsimulator, der sich in meinem Keller ebenfalls gut gemacht hätte.

Auch mir flüsterte der ferrarirote Geist beim Schlendern durch die Regalreihen etwas ins Ohr. Und da ich nichts Besseres zu tun hatte, folgte ich seinem Säuseln. Dabei übermannte mich so beim Schlendern ein mir gänzlich unbekanntes Gefühl. Ich fühlte mich plötzlich so … so High Society. Und das konnten nicht einmal die anderen ähnlich armen und schwitzenden Touristen wie ich selbst verhindern.

Der Geist führte mich weiter durch die Räumlichkeiten, bis er mich vor einem Regal mit grell bunten Koffersets abstellte. Und da stand ich. Und mir gegenüber stand „es". Ein dreiteiliges Hartschalenkofferset mit Leichtlaufrollen, in einem knalligen Zitronengelb. Schnittig und elegant im Design zugleich. Meine Liebe zu Hartschalenkoffersets mit Leichtlaufrollen war augenblicklich entfacht. Voller Ehrfurcht nahm ich einen der Koffer aus dem Regal und hielt ihn vorsichtig in den Händen. Ich war erstaunt, wie leicht er war. Die Verarbeitung wirkte wirklich hochwertig und absolut solide. Ich setzte ihn sachte auf den mit Linoleum ausgelegten Boden und ließ ihn sanft hin und her rollen. Die Rollen liefen ruhig und leise. Kein schleifen oder quietschen. Wie erwartet. Es genügte ein kleiner Anstoß und nahezu geräuschlos glitt der Koffer einige Meter den Gang hinab, bevor er vor einem weiteren Regal langsam ausrollte und dann still zum Stehen kam. Weiter als ich dachte, stellte ich voller Bewunderung für die Leichtläufigkeit der verwendeten Kugellager zufrieden fest. Die Rollen sind wirklich gut. Ich starrte dem Koffer am Ende des Ganges noch immer hinterher und überlegte, ob ich den nächsten aus dem Set gleich noch hinterherschicken sollte. Mit solch einem Koffer konnte ich mir den geschäftigen Gang durch den Terminal am Hamburger Flughafen gut vorstellen. Ich wäre in den langen Gängen bestimmt immer der Schnellste. Mit dem vielleicht schnellsten Kofferset der Welt. Immer der Erste am Gate. Hoffentlich stellt Lamborghini nicht auch Koffersets her. Ob man im Terminal auch ein Knöllchen für zu schnelles Kofferfahren bekommen kann? Oder sogar geblitzt wird? Wie schnell darf man eigentlich in einem Flughafenterminal fahren? Fragen, die mir wohl keiner beantworten kann. Schon gar nicht vor einem Regal voller Hartschalenkoffer in Mailand.

Der Geist gab wirklich sein Bestes, mich von dem Kauf dieses bemerkenswerten Koffersets zu überzeugen.

Ich war so berauscht von dem flüsternden Ferrariteufelchen, dass ich erst später darüber nachdachte, ob es eigentlich überhaupt grundsätzlich Sinn macht (außer einem Kofferset natürlich), sich hier beispielsweise einen Schlüsselanhänger mit dem steigenden Pferd zu kaufen, wenn man gar keinen Ferrari fährt? Ich fragte mich, ob es wirklich cool ist, mit einem solchen Schlüsselanhänger in einen alten schäbigen Familienvan zu steigen und loszufahren.

Meine Frau hatte ihre Überlegungen abgeschlossen und wir trafen uns wieder vor dem echten Formel 1 Boliden im Ausstellungsraum. Ihre Entscheidung war gegen die Brille gefallen. Ich tat es ihr gleich und nahm ebenfalls Abstand und Abschied von dem Kauf dieses prachtvollen Kofferdreigestirns. Auch wenn es mich echt reizte und der Kaufdrang unbestritten da war. Aber mir wurde klar, als Familienvater habe ich auch eine gewisse Verantwortung zu tragen und die bei mir wiederkehrende Vernunft sagte mir, dass ich keinen zu schnellen Koffer fahren sollte.

Bei meiner Frau trat nach dem Mailandbesuch tatsächlich der befürchtete Frust auf und der feste

Glaube, eine falsche Entscheidung getroffen zu haben. Welche, konnte sie noch nicht einmal genau sagen. Die Sonnenbrille war es auf jeden Fall nicht. Sie haderte einfach mit sich selbst. Mit der Gesamtsituation. Da fährt man schon in die Modemetropole Mailand, das Eldorado für Shoppingbegeisterte, die Stadt, die wie kaum eine zweite mit Mode, Schmuck und allem Schönen reizt und dann das. Warum weckte dieser Ort ausgerechnet bei ihr keine Begehrlichkeiten? Mehr italienisches Flair geht doch eigentlich gar nicht, um sich einem kleinen gepflegten Kaufrausch hinzugeben, jammerte sie. Aber so war es tatsächlich, an diesem Tag blieb der Rausch einfach aus. Nicht einmal die Sonnenbrille konnte einen leichten Nebel der Kaufverführung über ihren Verstand legen. Bei mir hingegen, spukte das Kofferset noch immer im Kopf herum.

In Stresa gastierten wir einige Tage später. Dieser pittoresken kleinen Stadt am Lago Maggiore. Mit Mailand hat Stresa nicht viel gemein. Hier werden die Prioritäten anders gesetzt. Hier geht es um Gemütlichkeit und Wohlbefinden, wie man es von einer Kleinstadt mit einer fein herausgeputzten Altstadt nicht anders erwartet. Und dann standen wir plötzlich vor diesem Laden.

Die Asiaten, die diesen Shop betrieben, waren zwar sehr nett und zuvorkommend, aber dennoch passte der Laden irgendwie nicht so recht in das Gesamtbild dieser kleinen muckeligen mittelalterlichen Stadt. Einfach nicht in eine Gasse aus einem Jahrhundert weit vor unserer Zeit. Er passte nicht zu den anderen Geschäften, die zwischen den engstehenden Häusern rund um den dazugehörigen kleinen Marktplatz Handwerkskunst an den geneigten Touristen brachten. Oder die Restaurants, die mit ihren kleinen Tischen und den weißen Tischdecken das italienische Lebensgefühl auf den Marktplatz und die Herzen der Menschen trugen. Und natürlich auch nicht zu den Läden, die in ihren Schaufenstern mit verführerischen Delikatessen, die italienische Lebensart gleich zum Mitnehmen anboten. Die darf ich ja nicht vergessen zu erwähnen, bei einem solchen Rundgang durch die schattenspendenden Straßen dieser Kleinstadt. Diese Geschäfte tragen schließlich ganz erheblich dazu bei, Italien lieben zu lernen. Italien to go, könnte man auch sagen.

Der asiatische Laden hingegen bot nichts von Alledem. Aufgeräumt wie ein Ein-Euro-Shop stand er da und lockte mit so ziemlich allem anderen, was nicht das lokale Lebensgefühl repräsentierte. Das Geschäft war in dieser perfekt inszenierten

Touristenwelt so deplatziert, wie eine Bohrinsel auf dem Lago Maggiore. Das kalte Neonlicht von der Ladendecke tat seinen sterilen Beitrag. Aber es gab hier wirklich alles, alles was man mehr oder weniger für den normalen Haushalt so brauchte. Eben mehr die nützlichen Dinge. Alltagsdinge. Dinge, wie beispielsweise Glühbirnen, Süßigkeiten, Reinigungsmittel, Haushaltshelferlein, Schuhe mit mörderisch hohen Absätzen und die dazu passenden knappen, billigen Karnevalskostüme. Was mich wiederum verwunderte, da ich bis her nicht wusste, dass in Italien - außer in Venedig vielleicht – Karneval überhaupt gefeiert wird. Oder waren die kurzen Krankenschwesterkostüme für etwas anderes gedacht? Aber egal, es gab ja auch Erste-Hilfe-Koffer. Und es gab natürlich Sonnenbrillen. Eben ein Geschäft für Alles, und ein Laden, den man sich eigentlich gerne zu Hause um die Ecke wünscht, aber nicht unbedingt in diesem ansonsten sehr auf Stil getrimmten Umfeld vermuten würde.

Aber hier fanden wir sie, die in azurblau gehaltene Sonnenbrille mit goldenem Gestell. Fern von Mailand, fern vom Kaufrausch.

Ich sah noch einmal zur Seite und ließ den Straßenverkehr kurzzeitig Verkehr sein. Die Brille passt wirklich wie angegossen und schmeichelt ihrem Gesicht ungemein. Ich stelle fest, dass ich mich in diesem Moment, mitten auf der Autobahn, wieder einmal total in meine Frau verliebe. Bella donna, amore grande. Italien zeigt noch immer Wirkung.

Wieso ausgerechnet Italien?

608 Kilometer bis nach Hamburg, meint das Navi

„Das war wirklich ein holperiger Anfang für einen Sommerurlaub", denke ich zum wiederholten Male, während ich weiterhin den Autobahnschildern in Richtung Norden folge. Und wie erstaunlich es im Nachhinein ist, dass wir, nach diesem ganzen Hin und Her im Vorfeld, ausgerechnet in Italien gelandet sind. Einem Ziel, das ursprünglich gar nicht zur Debatte stand. Die Wege der Urlaubsplanung sind manchmal unergründlich.

Das Einzige, was zu Beginn der Urlaubsplanung im Januar von vornherein feststand, war, dass es in diesem Jahr mal nicht nach Dänemark gehen sollte. Da waren sich Dreiviertel der Familie sehr einig. Scheinbar waren wir zu häufig in diesem mir so sympathischen Land in den letzten Jahren gewesen. Gut, ich muss zugeben, dass die Kinder von Geburt an eigentlich immer nur Dänemark gesehen haben. Aber es war ja auch immer schön einfach. Eigenes Haus, der Strand nicht weit. Man war unter sich. Die Kinder konnten laut sein und sich frei bewegen. Das Baden im Meer ist ja auch meistens spannender und natürlicher, als das Planschen im völlig verchlorten Pool auf Mallorca oder in Griechenland. Und für mich war Dänemark bisher auch immer ideal gewesen. Ich konnte stundenlang Fahrradfahren, ob mit oder ohne Familie. Oder konnte tatsächlich auch Mal ein Buch lesen. Es stehen bei mir ja immer einige im Regal, die noch gelesen werden wollen. Genaugenommen ist es gar kein Regal, sondern ein Bücherhaus, dass ich mit den Kindern vor einigen Jahren für den Muttertag gebastelt hatte. Mittlerweile stehen hier nur noch meine Bücher, die schon länger darauf warten in die Hand genommen zu werden. Aus Platzmangel in dem kleinen Bücherhaus liest meine Frau ihre Bücher jetzt nur noch über ihr eBook. Scheinbar kaufe ich zu viele Bücher und lese zu wenige von ihnen, um sie aus dem „möchten noch gelesen" Haus in das „wurden bereits gelesen" Regal umzusortieren. Eigentlich muss ich deshalb schon nach Dänemark, um hier Abhilfe zu schaffen.

Dänemark war also aus dem Rennen, denn es gab, wie gesagt, ein Aufbegehren in der Familie. Nicht nur seitens der Kinder, sondern auch seitens der Ehefrau. Ich war erschüttert. „Andere Ziele sollen erforscht werden", wurde mir gesagt. Und das wurde dann auch als Parole für die weitere

Urlaubsplanung ausgegeben. Ich wusste nicht einmal, dass es andere Ziele gab. „Die Kinder sind jetzt größer und müssen auch mal andere Dingen auf dieser Welt sehen, als immer nur Dünen, Strand und dicke Dänen", hielt mir meine Frau mit drastischen Worten vor. Mit sehr ungewohnt drastischen Worten, wie ich fand. Aber sie wollte mir wohl wirklich klarmachen, dass ein Ortswechsel innerhalb von Dänemark nicht mehr die Begehrlichkeiten der Familie ausreichend befriedigen würde.

Und sie hatte es geschafft. Ich ging in mich und nach ein wenig Nachdenken musste ich zugeben, dass sie mit ihrer Meinung nicht ganz daneben lag. Die Dänen schienen tatsächlich in den letzten Jahren an Körpergröße zugelegt zu haben. Zumindest in der Ecke von Dänemark, in der wir bisher zu Urlauben pflegten. Was eventuell aber auch an den verdammt leckeren Burgern in der Imbissbude am Hafen gelegen haben könnte. Und leider muss ich auch hier zugeben, dass ich mich gerne mit in den Imbiss gedrängelt und mich über die Jahre allmählich den hier gastierenden Dänen in Körperfülle angepasst habe. Ein Blick von oben auf meine Füße verhieß nichts Gutes. Ich konnte tatsächlich nur noch die beiden großen Zehen sehen. Der Rest meiner Füße war verschwunden.

„Das war auch mal anders", musste ich mir wohl oder übel eingestehen. „Vielleicht bin ich zu Dänisch geworden?", stellte ich mir nach der Erkenntnis der fehlenden Füße vielleicht etwas zu laut selbst die Frage. Meine Frau musterte mich von oben bis unten, grinste, sagte „Pølsertysker" und verließ lachend das Zimmer.

Das war jetzt gemein. „Würstchendeutscher!". Aber als Deutscher muss man doch im Urlaub das dänische Nationalgericht essen. HotDogs gehören einfach dazu. Und als Deutscher habe ich ja auch einen Ruf zu verteidigen. Auch wenn es vielleicht ein schlechter ist. Aber nichts destotrotz hatte meine Frau mit ihrer sehr direkten bildlichen Veranschaulichung es geschafft und ich dachte über die Argumente der Familie und die eventuell, überhaupt denkbaren, für mich auszuhaltenden, alternativen Urlaubsziele nach.

Es dauerte etwas, aber ich zeigte Einsicht und kam mit mir selbst überein:

Ja, sie hatte recht.

Ja, es musste sich was ändern.

Viel zu lange hatten wir uns dem kleinen Land bereits gewidmet. Es gab ja noch andere skandinavische Länder, wie ich voller selbstauferlegtem Enthusiasmus, feststellte. Davon musste ich jetzt nur noch meine Frau überzeugen.

Um es abzukürzen. Italien war zu diesem Zeitpunkt noch sehr weit weg in unserer Planung für den Sommerurlaub. Die Entscheidungsfindung für ein Reiseziel verlief in diesem Moment noch sehr schnell und am Ende einigten wir uns auf die Idee, mit einem Wohnmobil durch Schweden zu fahren. Ein Wohnmobil verheißt schließlich Abenteuer und Spannung und sollte in irgendeiner Form doch alle aus der Familie glücklich machen können.

Wo wollen wir denn sonst hin?

Der Familienrat wurde für einen der folgenden Abende einberufen. Am Esstisch im Wohnzimmer unter den beiden Hängelampen setzten wir uns zusammen, um den Kindern die Idee einer Wohnmobiltour durch Schweden schmackhaft zu machen.

Ich eröffnete die Präsentation mit den etwas ungelenken Worten „dieses Jahr wollen wir mal nicht nach Dänemark fahren. Worauf habt ihr denn Lust, Kinder?" Schweigen und große Augen bei den Kindern. Mit solch einer Frage hatten sie augenscheinlich nicht gerechnet. Es ging ja sonst auch immer nach Dänemark, da musste man sich solche Fragen nicht stellen.

Es wurde geraume Zeit um den Esszimmertisch herum geschwiegen und eigentlich hätte der Schwedeneinwurf meiner Frau in diesem Moment ganz gut gepasst. Aber von der Seite kam erst einmal nichts. Stattdessen meldete sich unsere neunjährige Tochter und machte zögerlich einen Anfang. „Hawaii!?"

Stille.

„Ich würde gerne mal nach Hawaii fahren!" wiederholte sie jetzt etwas überzeugter und mit mehr Nachdruck in der Stimme ihren Vorschlag. Damit hatte ich jetzt nicht so unbedingt gerechnet und der Vorschlag meiner Tochter durchkreuzte unseren eigentlich gefassten Plan ganz erheblich. Die erste Frage, die sich mir in diesem Moment aber aufdrängte, war: „Woher kennt meine Tochter bitte Hawaii, sie ist doch erst neun Jahre alt?" Während ich noch über diese eigentlich völlig unwichtige Frage sinnierte, setzte meine Tochter erneut an, um ihrem Urlaubswunsch mit guten Argumenten noch mehr Halt zu verleihen. Denn jetzt stand für sie fest – sie will nach Hawaii. „Weil es da so wunderschön sein soll und außerdem es da ganz tolle Blumen gibt und alle immer tanzen!" argumentierte sie mit einer Inbrunst, die mir ein wenig Angst machte. „Wie kommt sie denn jetzt darauf? Wohl zu viel *Das Traumschiff* im Fernsehen gesehen!?" dachte ich für mich und sprach es lieber nicht laut aus. Aber einen guten Geschmack musste ich ihr zugestehen, meiner kleinen Tochter. Sie weiß, wo es schön ist. Hawaii ist auf jeden Fall immer eine gute Idee, wie ich finde, und ich musste zugeben, dass die Inseln auch auf mich einen gewissen Reiz ausüben. Eigentlich, seitdem ich damals die Serie *Magnum* im Fernsehen gesehen habe. Der Privatdetektiv, der in bunten Hemden und zu engen Hosen seine Fälle auf den Inseln Hawaiis zu lösen pflegte. Die Idee mit Hawaii gefiel mir eigentlich sogar so gut, dass ich mich kurzzeitig in Gedanken verlor und mich mit Schnauzbart, Hawaiihemd und zu engen Hosen durch Honolulu laufen sah. Und ich verlor mich noch weiter in paradiesischen Gedankenspielchen. Sonne, Strand und eine Hängematte unter Palmen. Nur für mich. Ich beobachte die sanften Bewegungen der Palmenblätter über mir im leichten Wind. Die Kinder spielen im seichten Wasser mit Delfinen. Von der Seite wird mir ein netter Cocktail mit Schirmchen von meiner Frau im Baströckchen gereicht. Der Vulkan neben an, lässt ab und an mal einen kleinen Pups in den ansonsten blauen Himmel steigen. Alles ruhig, alles total easy. Hier und da klappern die Kokosnüsse an meiner am Strand selbstvergessen tanzenden Frau. Die hysterischen Anrufe meiner Bank ignoriere ich geflissentlich und auch das gnadenlos in die Miesen gefahrene Girokonto kann mich am Strand unter meiner Palme nicht kratzen. Ich habe ja glücklicherweise keinen Onlinezugang hier an meiner Hängematte und das Handy liegt fern in der kleinen Strandhütte, die wir bewohnen.

Ich verwarf meine kleine Träumerei und ließ mit einer Handbewegung, als ob ich etwas Rauch wegwedeln wollte, auch den letzten Gedanken an Hawaii sich in Luft auflösen. Das sind doch alles

Klischees. Kein Mensch trägt da noch Bastrock und Kokosnussschalen. Ich zeigte meiner Tochter auf dem mittlerweile aufgeschlagenen Weltatlas - 47 Seiten weiter als wir eigentlich waren -, wo auf der Welt Hawaii liegt und nannte ihr die dazugehörigen Flugstunden. Um das Ganze kindgerecht zu verdeutlichen, rechnete ich ihr die Flugstunden in Hörspielen von *Bibi und Tina* um. Das Argument saß. Das waren ihr eindeutig zu viele CDs auf einmal. Kurzentschlossen machte sie einen Rückzieher und verkündete einsichtig, dass sie doch lieber mit dem Besuch auf Hawaii bis zu ihrer Hochzeitsreise warten möchte. „Gutes Kind", dachte ich, erleichtert über den Sinneswandel und schob ein „dann komme ich auch gerne mit" hinterher.

Wir schlugen die 47 Seiten in dem Weltatlas wieder zurück und waren somit wieder in Europa, was unserem möglichen Urlaubsrahmen näherkam.

Meine Frau übernahm nach diesem kleinen Ausflug in die Welt der Fernreisen das Ruder, wohl wissend, den ihr zugedachten Part verpatzt zu haben, dieses aber natürlich nicht zugeben wollend. „Ich würde gerne dorthin fahren" und ließ den Finger in dem aufgeschlagenen Weltatlas auf das wunderschöne Land Schweden fallen. Eigentlich war das gezeigte Land nur grün. In einem etwas anderem Grünton als Dänemark, aber eben auch einfach nur grün. Die Kinder schwiegen. Der Unterschied zu Dänemark und die Schönheit von Schweden waren auf dieser Seite des Atlas nicht auf Anhieb zu erkennen. Mit einfacher Bildersprache versuchte meine Frau das Grün von Schweden zu füllen und dessen eigentliche Faszination den Kindern näherzubringen. „Wollen wir zu Pippi Langstrumpf und nach Bullerbü? An einen See mit eigenem Ruderboot?" Und zu guter Letzt ließ sie das magische Wort „Wohnmobil" fallen und die Kinder brachen in Jubelstürme aus. Unsere Tochter rannte gleich los und begann zu packen. Ihr Bruder, drei Jahre älter, begann bereits den kleinen Gasgrill vom Balkon zu demontieren und reisefertig zu machen.

„Das war ja einfach" konstatierte ich und so machte sich die ganze Familie an einem der folgenden Tage auf den Weg zu einem etablierten Wohnmobilevermieter in der näheren Umgebung.

In heller Vorfreude und des Urlaubs sicher, fuhren wir auf den Hof und betraten den Verkaufsraum. Doch bevor wir überhaupt unser Anliegen äußern konnten, rief der freundliche Wohnmobilfachangestellte quer durch den großen Verkaufsraum, aus der kleinen Küchennische mit der Kaffeemaschine, die sich in der hintersten Ecke befand, „Alle weg. Keine Wohnmobile mit Alkoven mehr für die nächsten Sommerferien verfügbar!" Erstaunt blieben wir stehen und ich vergewisserte mich, dass der junge Mann tatsächlich uns meinte. Aber wir mussten ja die Angesprochenen sein. Es befand sich ja sonst niemand außer uns im Verkaufsraum. Sehen wir dermaßen nach „Wohnmobil mit Alkoven" aus, fragte ich mich? Woran erkennt man das? Um mich endgültig zu vergewissern, dass wir tatsächlich gemeint waren, rief ich zurück in die weite Halle „Wir sind doch erst im Januar?" Zumindest sah er sich jetzt veranlasst seine kleine Küche zu verlassen und doch einmal zu uns zukommen. Wahrscheinlich hatte ihn die Neugierde gepackt und wollte sich die naiven Fragesteller einmal genauer ansehen.

Ergebnislos zogen wir wieder ab, aber zumindest konnte er uns einen weiteren Vermieter in der Nähe nennen. Aber auch der Besuch lief ähnlich erfolglos ab und zerstörte vollends den Plan, mit einem Wohnmobil durch Schweden zu fahren. Auch hier gab es keine Alkovenfahrzeuge mehr. Aber der Wohnmobilfachberater für Vermietung und Verkauf an potenzielle Wohnmobil-mit-Alkoven-Mieter wäre ein schlechter Verkäufer, hätte er nicht noch

Alternativen für den naiven, von seinen enttäuschten Kindern umringten, Würde-gerne-Wohnmobil-fahren-Touristen, an der Hand gehabt. Das Wohnmobil, welches er nun anbot, war wirklich schön, hatte zwar keinen Alkoven, dafür aber eine Ausstattung, die in etwa zwei Klassen luxuriöser ausfiel als das ursprünglich von uns angepeilte Modell. Es war auch knapp zwei Meter länger und kratzte damit knapp an der LKW-Führerscheinpflicht. Der Verkäufer war gut. Er brachte schlagende Argumente, wie Platz, Platz und Platz. Und das waren gern gehörte Argumente. Man konnte bei so viel Platz sogar bequem die gegen Aufpreis mitgeliehenen leichten Campingstühle und das noch leichtere Campinggeschirr gut verstauen. Was natürlich dadurch noch mehr an Platz einsparte. Was dann wiederrum der Wohnqualität selbstverständlich durchaus noch mehr entgegenkam. Es kann ja auch mal schlechtes Wetter geben und in solchen Momenten ist genügend Platz für alle sehr, sehr wichtig. Ich nickte eifrig bei jedem vorgetragenen Argument. Der Verkäufer wusste, wie er mich als Familienvater kriegt. Immer mehr gute Ideen zum Platzsparen fielen ihm ein. Die Kosten für jede dieser Ideen, die er recht leise jedes Mal hinterherschob, blendete ich geflissentlich aus.

Eigentlich hatte ich bereits bei dem Preis für den Campingtisch den Überblick verloren und nicht mehr weiter zugehört. Der Verkäufer ließ irgendwann von uns ab und gab uns etwas Raum, über das Angebotene nachzudenken. Erstmal sahen meine Frau und ich uns nur sprachlos an. Ich voller Begeisterung, sie voller Entsetzen. Die Kinder hatten sich derweil schon im Wohnmobil häuslich eingerichtet. Die Tochter inspizierte das eine Bett und das Bad, der Sohn saß auf dem Fahrersitz, das Lenkrad mit einer Hand fest im Griff. Dabei schaukelte er hin und her, öffnete mit der anderen Hand eine imaginäre Bierdose, die er direkt zum Hals führte und seine Ausführung mit einem lauten Rülps abschloss. Ich fragte mich, was für seltsame Filme mein Sohn sieht. Wenigstens saß er nicht auch noch in einem mit Kaffeeflecken dekorierten Feinrippunterhemd hinter dem Lenkrad.

Da wo ich abgeschaltet hatte, hatte meine Frau weiter aufgepasst und den Taschenrechner bemüht. Wortlos zeigte sie mir die Zahl auf dem Display. Jetzt war ich auch entsetzt. Ich wollte das Wohnmobil doch nicht kaufen?! Wir kamen ohne weiter ein Wort darüber zu verlieren einvernehmlich überein, dass dieser Betrag jede Verhältnismäßigkeit sprengte. Und, dass dieser Betrag für einen Urlaub in einem Schuhkarton mit zwei Kindern, einer Ehefrau und einem Typen, der noch nie in seinem Leben ein Wohnmobil gesteuert hat, unangemessen war. Die fehlende Campingerfahrung inbegriffen.

Noch etwa 536 Kilometer bis nach Hamburg

Wie auf Zuruf schert vor uns ein Wohnmobil von der rechten Spur auf meine aus, um einen LKW zu überholen. Ich bremse leicht ab und lass es gewähren. Wohnmobile sind wirklich schnell geworden. Nicht mehr so untermotorisiert, wie noch vor einigen Jahren. Damals hätte ich mich noch wahnsinnig aufgeregt, wenn solch ein Vehikel sich vor mich auf der Autobahn gesetzt hätte, um dann, minimal schneller als der LKW, an ihm vorbeizuziehen. Über die nächsten acht Kilometer. Hier war aber alles gut. Das Wohnmobil beschleunigte zügig und es ging weiter flott voran. Ja, ich hatte meine einschneidenden Erfahrungen mit Wohnmobilen gesammelt. Die liegen zwar schon einige Jahre zurück, aber es waren prägende Erlebnisse, die bis heute bei mir nachhallen und immer noch einen schlechten Beigeschmack hinterlassen. Es muss um 1993 gewesen sein. Ich war damals auf einer Serpentinenstraße mit engen Kehren unterwegs, die sich Trollstigen nennt und nicht breiter als fünf Meter ist. Eine wunderschöne und sehr beliebte Panoramastraße in Norwegen, die einen irgendwann zum berühmten Geiranger Fjord führt. Entsprechend war ich nicht alleine auf dieser Straße unterwegs. Ich saß in einem untermotorisierten Kleinwagen, der einen schweren Kampf gegen die Steigungen auszufechten hatte. Der Wagen kochte und kämpfte sich wacker den Berg hinauf. Ein Stehenbleiben hätte der Kupplung vermutlich den Garaus gemacht. Es war wie der Aufstieg Reinhold Messners am Mount Everest ohne Sauerstoffgerät. Reinhold Messner verkörperte in diesem Falle das Auto und ich hätte gerne in diesem Moment meinem kleinen Reinhold die Sauerstoffmaske auf das Gesicht gedrückt, um diesen Kraftakt auch sicher zu bewältigen. Der Aufstieg mit diesem Auto war also an sich schon grenzwertig. Mit dem Wissen um die Defizite des eigenen Fahrzeugs, brachten die vor mir schleichenden Wohnmobile mich zur Weißglut. Nicht, weil sie langsam fuhren. Nicht, weil sie nicht mit einem Zug um die engen Kurven kamen, die aber erstaunlicherweise die bedeutend größeren Reisebusse problemlos mit einem Schwung schafften. Nein, was mich in Rage brachte, war, dass die Wohnmobillenker einfach irgendwo stehen blieben, ausstiegen und anfingen

Fotos zu machen. Komplett ausblendend, dass ihre fahrenden Mietwohnungen auf so engen Straßen enorme Ausmaße haben und keiner der hinter ihnen Fahrenden an ihnen vorbeikommt. Ich stand damals mit meinem heiß laufenden Kleinwagen hinter einem solchen spontan auf der Straße haltenden Wohnmobil und musste mit ansehen, wie Jürgen versuchte seine Gisela – ich nenne die beiden jetzt einfach mal so - an der Seitenbegrenzungsmauer in Szene zu setzen. Hoch gerutschte khakifarbene Shorts an den Innenschenkeln, Schweißflecken unter den Armen, derangierte Frisur. Und das war erst einmal nur Jürgen, der die Kompaktkamera ungeschickt vor sein Gesicht hielt und den ich von hinten betrachten durfte. Gisela kam erst später ins Bild. Erst als ich ganz langsam und vorsichtig versuchte an dem parkenden Wohnmobil vorbei zu fahren, sah ich sie an der kleinen Steinmauer am Abgrund stehen. Bereits in Pose geworfen. Im Hintergrund donnerte ein Wasserfall in die Tiefe, der unter der kleinen Brücke, vor der sie lasziv in Szene gesetzt stand, mit sprudelnder Gischt hindurch schoss. Wer jetzt eventuell an die berühmte Filmszene aus *Dolce Vita* denkt, in der Anita Ekberg im Trevi-Brunnen in Rom in perfekter Ästhetik selbstvergessen posiert, die Wasserkaskaden im Hintergrund rauschen und sie umspielen, sich erste Wasserperlen auf ihre langen blonden Haare legen, das schwarze Abendkleid sich noch mehr an ihren vollendeten Körper schmiegt und die knisternde Erotik mit jeder weiteren Sekunde an Intensität zunimmt, der liegt nicht ganz falsch. Nur das hier nicht Anita posierte, sondern Gisela. Und wenn man sich jetzt jegliche erotische Ästhetik aus dem im Kopf gefertigten Bild von Anita im Trevi-Brunnen wegdenkt, alles Verführerische ausblendet, dann hat man in etwa das norwegische Gegenstück. Bei Gisela legten sich auch die ersten Wasserperlen auf ihr güldenes Haar, die ehemalige Kaltwelle reagierte bereits mit einem entspannten aushängen. Der Sprühnebel des Wasserfalls im Hintergrund umspielte reichlich ihren grazilen Körper und zeigte erhebliche weitere Wirkungen. An den unpassendsten Stellen bildeten sich bereits unschöne Wasserflecken auf ihren olivgrünen Shorts und mit ihrer ehemaligen Kaltwelle sah sie mittlerweile noch viel schlimmer aus als Jürgen. Und während Jürgen noch immer an seiner Kamera rumnestelte, spülte der Wasserfall jegliche Hoffnung auf ein schönes Bild mehr und mehr hinfort.

„Was soll das für ein Foto werden?" wunderte ich mich damals und ich weiß noch, dass ich in meinem Kleinwagen wie ein norwegischer Troll im Unterholz fluchte und mich fragte, ob solch ein Foto am Ende wirklich eine Bereicherung für ein Fotoalbum ist. An einen Dia-Abend mit Freunden, im heimischen Wohnzimmer bei Salzgebäck und Bier aus Dosen, mochte ich gar nicht erst denken.

Mein tapferer Reinhold stimmte mir damals keuchend zu. Seit diesem Erlebnis und der Reise durch Norwegen im Allgemeinen, hat sich bei mir das vorurteilsbehaftete Bild des typischen Campers als einen bierbauchigen, alles beobachtenden, klugscheißenden, schwitzenden Dummschwätzers festgesetzt, der auf alles eine Antwort und zu jedem Thema eine Meinung hat. Einem Schlag Mensch, auf den die Bildzeitung auf seinem angestammten Campingplatz jeden Morgen um 8 Uhr beim Kiosk, neben den 5 Brötchen und dem Päckchen Zigaretten, wartet. Die Chance, dieses Bild mit einem eigenen Wohnmobilurlaub zu revidieren, blieb mir ja nun leider verwehrt.

Das Wohnmobil vor mir auf der Autobahn hat zügig auch noch einen zweiten LKW überholt und sich wieder auf die rechte Spur zurückbegeben. Wieder freie Fahrt. Und schon habe ich das Wohnmobil auch schon wieder vergessen. Nur der Spruch auf der Rückseite des Wohnmobils bleibt mir noch im Kopf. „Träume nicht Dein Leben, lebe Deine Träume". Was für eine tiefgründige Lebensweisheit. Dabei fällt mir noch ein Spruch ein, den ich kürzlich auf einem anderen Wohnmobil gelesen habe. „Unsere Reisen gehen dahin, wo Eure Träume sind!" Das ist die Poesie der Autobahn. Weisheiten, die den Dahinterfahrenden zum Nachdenken animieren. Auch ich denke über „Unsere Reisen gehen dahin, wo Eure Träume sind!" nach und komme ziemlich schnell zu dem Schluss: Was für eine furchtbare Vorstellung, wenn das wahr wird. Ich muss zwangsläufig an die Idee meiner Tochter denken, Urlaub auf Hawaii zu machen. Wieder sehe ich mich in meiner Hängematte liegen. Alles easy. Der Cocktail schmeckt. Man sieht einen der Vulkane einen kleinen Pups in den wolkenlosen Himmel ablassen. Alles friedlich. Ich schließe die Augen. Ein die Idylle störendes Geräusch lässt mich aufhorchen. Ich öffne wieder die Augen und statt des Strandes und des Vulkans sehe ich ein weißes Wohnmobil neben mir auf den ebenso weißen Sand fahren. Die Bildzeitung vorne auf der Ablage hinter der Windschutzscheibe und aus den Seitenfenstern winken Jürgen und Gisela. Die Kaltwelle im Wind. Ich schrecke hoch. Diesen furchtbaren Gedanken muss ich schnell wieder loswerden. Ich darf nicht vergessen, dass ich noch auf der Autobahn bin. Nervös blicke ich mich um. Kein Wohnmobil weit und breit.

Immer noch nicht weiter!

Die Wohnmobilidee war also hinfällig. Am selben Abend setzte sich die ganze Familie erneut an dem Esstisch im Wohnzimmer unter den beiden Hängelampen zusammen und versuchte diese herbe Enttäuschung zu verdauen und nach neuen Urlaubszielen Ausschau zu halten.

Europa hat so viel zu bieten. Der Weltatlas hat nicht umsonst so viele Seiten. Den Norden mit den skandinavischen Ländern. Also nicht nur Dänemark und Schweden. Den Westen, der mit England, Irland, Wales und Schottland reizt. Oder die etwas dichter gelegene Version in Form der Bretagne und Normandie und der Süden mit Wiesbaden, Spanien, Italien. Der Osten fiel, warum auch immer, weg. Ehrlich gesagt weiß ich bis heute nicht so ganz genau, warum diese Länder von uns nicht in Betracht gezogen wurden. Sie standen einfach nicht zur Debatte. Dabei schwärmen Freunde immer so von Kroatien und wie schön das da ist, mit seinen 40 Grad im Schatten und 30 Grad Wassertemperatur. Für mich ein schweiß gewordener Alptraum. Solche Temperaturen kann mein Körper gar nicht verarbeiten. Insofern war die Schwärmerei der Freunde nicht unbedingt die beste

Werbung für diese Region. Die Länder weiter im Norden, wie Polen beispielsweise, auch immer wieder von Freunden angepriesen, haben bestimmt auch ihren Reiz, aber noch war dieser Reiz nicht bis zu uns vorgedrungen. Hier konnte auch meine Tochter keine schlagenden Argumente, wie Blumen oder Tanzen vorbringen, um der Familie Polen schmackhaft zu machen. Aber was nicht ist, kann ja noch werden.

An diesem Abend wurden tatsächlich einige mögliche Ziele aus vielen Möglichkeiten herausgefiltert und zur weiteren Klärung offener Fragen bezüglich der Umsetzbarkeit auf eine To-do-Liste geschrieben. Die nächsten Tage bestanden dann auch aus Forschungsarbeit und lernen. Und nach einigen Tagen traf man sich wieder an dem Esstisch im Wohnzimmer unter den beiden Hängelampen und präsentierte die Ergebnisse. Es gab keine. Bei der Sondierung anderer Möglichkeiten im Westen von Europa, wie Irland, Bretagne, Schottland und Cornwall waren keine befriedigenden Ergebnisse herausgekommen. Die Kinder nahmen es einigermaßen gelassen. Sie nahmen es schon als eine Art von Routine an. Bei mir machte sich hingegen langsam Resignation breit. Eigentlich ging die Tendenz eher Richtung Panik. Kein Ziel = kein Urlaub? Aus lauter

Verzweiflung schnappte ich mir am nächsten Tag nach der Arbeit meine Frau und schleppte sie ins nächste Reisebüro. Für so viel Geld, sollte doch irgendwo ein Hotel mit All Inclusive aufzutreiben sein, war ich der festen Überzeugung. Immerhin hatte sich das geplante Budget auf einen ansehnlichen vierstelligen Betrag für einen Sommerurlaub hochgeschaukelt. Damit musste man doch irgendetwas Gescheites anfangen können?

Ich spürte das mitleidige Lächeln der Reisekauffrau noch im Rücken als wir das Reisebüro wieder verließen. „In den Sommerferien? Für vier Personen? Für das Geld?" Ich war froh, dass die junge Reisekauffrau nicht noch laut gelacht und mit dem Finger auf meine Frau und mich gezeigt hat.

„Vielleicht hängen wir ja morgen mit einem Foto aus der Überwachungskamera als naivste Pauschaltouristen der Saison an der Wand des Reisebüros", sagte ich aufmunternd zu meiner Frau auf dem Weg zurück nach Hause. Wenn man keine Erfahrungen mit dieser Art von Reisen hat, dann ist das schon bitter, so abserviert zu werden. Ich fragte mich still, wie es denn andere schaffen, sich in den Sommerferien einen Pauschalurlaub in Spanien oder Italien zu leisten. Sollten wir am Ende doch wieder in Dänemark landen? Wenn denn überhaupt noch ein Haus für den Sommer dort für uns übrig ist.

Am selben Abend gingen wir noch einmal einige der Möglichkeiten durch, die im Laufe der Urlaubsfindungsphase so auf Papier zusammengetragen wurden.

„Mit einem Wohnschiff über den Shannon durch Irland? Oder doch die Bretagne?" war eine der vielen Ideen, die ich halbherzig noch einmal aufgriff, aber ich merkte schnell, die Familie hatte sich aufgrund der Idee mit dem Hotel im Süden, sprich Spanien oder Italien, bereits mit diesen Regionen angefreundet. Da konnte ich mit meinen doch etwas herberen Zielen und den nicht ganz so beständigen Wetterverhältnissen nicht weiter punkten. Wärme und Baden waren die Stichworte, die jetzt griffen. Keine Angst haben zu müssen, dass das Wetter nicht mitspielt, war ein allgegenwärtiges Argument. Ein Argument, dass mit einem Male viele ins Auge gefasste Ziele unter den Tisch fallen ließ. Gutes Wetter mit Sonnenscheingarantie ist eine Forderung, die Irland, Schottland und die Bretagne nicht unbedingt gewährleisten können.

Tatsächlich Italien?!

Letzten Endes bestimmte genau diese Angst vor schlechtem Wetter die Reiserichtung und es manifestierte sich Italien als auserkorenes Ziel. Und dann kam meine Frau auch noch mit einer zündenden Idee um die Ecke. „Es gibt doch so Internetseiten, auf denen man recht günstig Wohnungen von privat mieten kann", warf sie in die Runde. „Hä??", war dann meine nicht besonders gut ausformulierte Antwort. Diese Idee musste ich jetzt erst einmal verarbeiten. „Es gibt Leute, die ihre eigene Wohnung zur Vermietung anbieten? Die Wohnung, in der sie normalerweise selber leben? Wo sind die denn dann? Wohnen die dann mit in der Wohnung?" fragte ich etwas begriffsstutzig und meine Unwissenheit wenig verbergend. „Du kannst Deine Wohnung an Urlauber vermieten, wenn Du vielleicht selber im Urlaub bist oder auf Montage oder wo auch immer. Das ist fast wie mit den Ferienhäusern in Dänemark. Da gibt es reine Mietobjekte, die tatsächlich nur vermietet und nicht privat genutzt werden und dann gibt es private Häuser, die an Touristen vermietet werden, wenn der Eigentümer nicht selber dort gerade Urlaub machen möchte!"

erklärte sie mir, als wäre ich gerade aus der Zeit gefallen. Aber so viel verstand ich. Wenn ich meine Wohnung anbieten würde, dann schlafen irgendwelche Leute in meinem Bett, benutzen mein Klo, lesen meine Bücher und hören meine geliebten Schallplatten. Und wenn die nicht mit dem Plattenspieler umgehen können und die Nadel beschädigen oder die Platten klauen? Wer bezahlt das? Unvorstellbar, aber die Vermietung unserer eigenen Wohnung stand ja glücklicherweise gar nicht zur Debatte.

Aber ich wollte auch nicht als von gestern gelten und so wurde erneut das Internet durchforstet und einige Wohnungen versprachen auch einen lohnenden Urlaub. Zumindest klangen die Umschreibungen dieser Wohnungen wahnsinnig vielversprechend. Eine Wohnung beispielsweise sollte in einem Dachgeschoss mitten in Venedig liegen. Eine herrliche Vorstellung. Zumindest für meine romantisch veranlagte Frau, die sich schon im Karneval von Venedig wähnte, auch wenn dieser normalerweise im Februar und nicht in den Sommerferien stattfindet. Ich hingegen wähnte mich in Hitze, Enge, vielen Tauben und Abfall. Von Romantik und Karneval war ich so weit weg, wie Italien von Dänemark.

Bei dem Namen Venedig kamen mir auch sofort dunkle Erinnerungen aus meiner Kindheit wieder hoch, auf die ich gut hätte verzichten können.

Es begab sich damals, dass ich als kleiner Steppke von 9 Jahren mit meinen Eltern Urlaub in Südtirol machte und meine Eltern auf die tolle Idee kamen, von hier aus einen Tagesausflug nach Venedig zu unternehmen. Auf der Rückbank unseres goldenen Ford Granadas ließ ich damals die eher karge Landschaft hinter meinem Seitenfenster vorbeiziehen. Es war heiß im Auto und die Fahrt zog sich lange vier Stunden hin, bis der Granada endlich auf einen staubigen Parkplatz einbog und wir irgendwo das Auto in der prallen Sonne abstellten. Neben tausenden von anderen Fahrzeugen. Es wirkte wie der Werksparkplatz von Volkswagen. Nur das es hier heiß und stickig war. Der Parkplatz trug glaube ich den Buchstaben „G", wie mein Vater erst sehr viel später herausfand. Von der versprochenen Stadt war weit und breit nichts zu sehen. Ich war jetzt schon enttäuscht von Venedig. In meiner Vorstellung sah Venedig anders aus. Irgendwie mehr wie eine Fantasiewelt. Abenteuerlicher. So ein bisschen mehr Walt Disney. Ich musste daran denken, wie wir damals von dem Parkplatz auf ein völlig überladenes Fährschiff geschleust wurden. Und ich erinnere mich, dass mein Vater sich mit dem Kassierer anlegte und über den hohen Fahrpreis beschwerte. Passenderweise wurde erst an Bord der Fahrpreis abkassiert. Was der Italiener damals meinem Vater sagte, verstand ich nicht. Aber mein Vater war nach den Worten des Italieners sehr ruhig. Zumindest bis wir das Schiff wieder verlassen hatten. Aber das ließ erst noch auf sich warten. An den Anlegestellen der Stadt wurde das Schiff mehrfach von grimmig dreinblickenden Italienern lautstark und viel Gestik abgewiesen und erst nach geraumer Zeit fand unser Kapitän eine passende Stelle, um seine Passagiere im Eiltempo von Bord zu lassen. Irgendwie waren die Italiener alle sehr hektisch und wenig freundlich um uns herum. Irgendwie war alles anders, als ich das in diesen lustigen Filmen mit Caterina Valente immer so gesehen hatte. Ich vermutete damals, dass die netten Italiener wohl selber wo anders im Urlaub gerade waren. Mein Vater passte sich dem hektischen Getue an und wir eilten auf der Promenade von Anleger zu Anleger, als ob wir etwas suchten. Ich verstand diese ganze Hektik nicht. Aber mir sagte ja auch niemand etwas. Eigentlich rannte ich immer nur hinterher. Mein Vater, immer praktisch veranlagt, warf während unserer Hetze durch die Stadt die Namen von irgendwelchen Sehenswürdigkeiten ein und zeigte auf irgendetwas, während man an alten Brücken und Gebäuden vorbeieilte. „Links, die Seufzerbrücke - rechts, der Markusplatz!" Weitere Erklärungen gab es keine. Wir mussten ja weiter. Sightseeing für Getriebene. „Da, die Rialtobrücke und da der Canale Grande!" Vermutlich hatten wir es geschafft, Venedig innerhalb einer halben Stunde zu durchlaufen und alles zu sehen, was ein Tourist gesehen haben muss. Eine kulturelle Druckbetankung. Wir hätten einer japanischen Reisegruppe alle Ehre gemacht.

Die Stadt war voll mit Menschen. Mehr Menschen als Tauben. Das hastig eingeworfene Essen in einem kleinen Restaurant in einer der schmalen Gassen war ebenso unbefriedigend, wie auch all das andere, was für die Touristen bereitgestellt wurde. Alles billig und völlig überteuert. Sagten zumindest meine Eltern. Ich nahm alles nur im Vorbeifliegen wahr.

Im Nachhinein erst, habe ich das Problem meines Vaters verstanden. Die Stadt Venedig konnte man damals nicht mit dem Auto direkt erreichen. Deshalb gab es riesige Parkplätze um die Stadt herum. Von diesen Parkplätzen aus wurde der Tourist mit öffentlichen Fähren in die Stadt gebracht, beziehungsweise am Ende des Tages auch wieder heraus. Leider sind wir damals bei unserer

Ankunft auf einem der vielen Parkplätze, direkt auf einen kleinen Piraten mit eigenem Schiff hereingefallen, der arme Touristen auf sein Boot lockte und horrende Preise nach der Abfahrt verlangte. Dieses erklärte auch die miese Laune meines Vaters. In diesem Trubel war uns zudem entgangen, uns den Namen des Parkplatzes zu merken. Ich hatte damals echtes Mitleid mit meinem Vater empfunden und je älter ich wurde, umso mehr verstand ich die schlechte Laune und die versteckte Angst, nicht heil aus dieser Nummer wieder herauszukommen. Gerade jetzt, wo ich selber Vater bin, kann ich ihn noch viel besser verstehen. Ich sah damals meinen Vater das erste Mal wieder lächeln, als wir wieder im Auto saßen und unseren Heimweg zum Hotel in den Tiroler Alpen antreten konnten. Ich glaube, er war echt heilfroh wieder aus der Stadt raus zu sein. Wir sind nie wieder nach Venedig gefahren.

Dieser Ausflug war alles andere als schön gewesen. Auf eine gewisse Art und Weise spannend, aber nicht schön. Was mir aber damals noch an Venedig aufgefallen war, und die als so wunderschön angepriesene Stadt in ein etwas anderes Licht rückte, war, dass überall Unrat herum lag. Ob auf den Wegen oder in den Kanälen. Egal wo man hinsah, es war dreckig und störte schon damals empfindsam mein Auge. Und noch etwas lernte ich hier schon in jungen Jahren. Manchmal verbindet man Stadtbesuche nicht nur mit dem, was man sieht. Manchmal riecht und schmeckt man auch eine Stadt. Mit allen Sinnen genießen heißt es ja auch so schön. Bei Venedig hätte ich gerne auf die Eindrücke einiger meiner Sinne verzichtet. Aber leider kann der Mensch solche Sinne nicht unbedingt ausblenden und so hat sich bei mir die geruchliche Erinnerung an Venedig dermaßen in der Nase eingebrannt, dass schon ein vorbeifahrender Müllwagen reicht, die Bilder dieser Stadt in meinem Kopf abzurufen. Der Gedanke, jetzt eine Wohnung hier zu beziehen, die ich mit Hitze, Menschenmassen und Stadtreinigungsfahrzeugen in Verbindung bringe, stieß mich ab. Ich steigerte mich damals bei der Urlaubsplanung an unserem Esstisch unter den beiden Hängelampen so in diese Erinnerungen hinein, dass ich sogar kurzzeitig den Eindruck hatte, den Biomüll aus unserer Küche zu riechen.

Aber Venedig ist mein eigenes Problem und entspricht ja vermutlich auch nicht mehr der Realität. Doch wir stellten auf der Suche nach ansprechenden Wohnungen immer wieder fest, mit welch blumigen Umschreibungen die Wohnungen in den Annoncen beworben wurden, die Realität aber irgendwie dann doch anders aussah. Ich dankte Herrn Google für seine Erfindung des Google Streetviews. Manche Wohnungen sahen zugegebenermaßen wirklich hinreißend aus, aber bei der genaueren Betrachtung des äußeren Umfelds, wurden Fragen aufgeworfen, die so nicht in den Beschreibungen beantwortet wurden. Bei einer Wohnung stellte ich beispielsweise fest, dass diese in einem kleinen Bergdorf – durchaus malerisch - direkt über einer etwas heruntergekommenen Autowerkstatt lag und so weit ab vom Schuss war, dass man jedes Mal eine Tagesreise hätte machen müssen, wenn einem der Sinn nach Baden, Einkaufen oder Kultur gestanden hätte. Ein anderes Haus wiederum lag mitten in einem Gewerbegebiet, mit einem drei Meter hohen Maschendrahtzaun umzäunt. Vis-à-vis mit einer sandigen Straßenkreuzung. Hinter dem Zaun lag eine sandige Freifläche, auf der Baufahrzeuge in nicht unerheblicher Anzahl standen. Augenscheinlich ein Bauunternehmen, oder zumindest ein Unternehmen, welches Baumaschinen zum Verleih anbot. Welch schöne Vorstellung am Morgen gegen sieben Uhr von vorbeirollenden Baufahrzeugen geweckt zu werden und diese am Nachmittag nach getaner Arbeit wieder begrüßen zu dürfen. Dieses Detail wurde in dem Exposé für die Wohnung wohl versehentlich vergessen. Aber wir ließen uns nicht abschrecken und starteten trotzdem einige Anfragen, erhielten aber entweder Absagen oder gar keine Antworten. Die Stimmung ging nach der anfänglichen Euphorie vorerst wieder in den Keller, bis meine Frau als erfahrene Dänemarkreisende sagte, „der Ferienhausanbieter, über den wir auch immer unsere Häuser in Dänemark gemietet haben, hat doch auch Appartements in ganz Europa!" Irgendwann kam sie auf die sensationelle Idee den Urlaub genauso zu buchen, wie wir es für Dänemark immer getan hatten. Ebenso, als ob wir wie immer nach Dänemark fahren würden. Nur in diesem Jahr eben mal ganz woanders hin. Never change a winning team. Die gute Stimmung kam wieder aus dem Keller zurück an den Esstisch mit den beiden Hängelampen gekrochen. Und nach kurzer Zeit präsentierte sie uns ihr Ergebnis.

Dachwohnung, drei Zimmer, zwei Bäder, Küche, mit Balkon und Zugang zu einer geräumigen Dachterrasse. Seeblick. Gelegen in einem kleinen Ort Namens Miasino, im beschaulichen Piemont, am Lago d'Orta, einem kleinen See in den letzten Ausläufern der Alpen.

Ich weiß noch, dass ich meine Frau lange mit einem Blick, der sich aus Erstaunen, Unwissenheit und einem Hauch von Angst zusammensetzte, anstarrte. Für meine Frau stand fest, die Entscheidung ist gefallen. Das sah ich an ihrem Blick. Sie strahlte mich an und konkretisierte ihre Wahl und die Ortsangaben. „Der Lago d'Orta ist ein See gleich neben dem Lago Maggiore in Norditalien oder, wenn du das noch immer nicht verstehst, ein kleines Stückchen weiter liegt der Comer See." Dabei strahlte sie noch ein wenig mehr, allerdings mit einem glasigen Blick an mir vorbei. Und es war mir, als hätte ich noch einen leisen Seufzer des Entzückens wahrgenommen, nachdem Sie es ausgesprochen hatte. „Ach, bei Georg Clooney wohnen wir. Sag das doch gleich", entrüstete ich mich. Wer wie ich die Gala beim Friseur liest, kann sich getrost als Italienkenner bezeichnen. Friseure sind ja mit ihrem Lesezirkel schließlich das Fenster zur Welt.

Die Bilder des Hauses, des Anwesens und des Panoramablicks über den See, ließen tatsächlich auf einiges hoffen. Die Bilder waren so schön, dass ich noch nervöser wurde und anfing den Haken an der Sache zu suchen. Etwas so Schönes kann es nicht einfach für überschaubares Geld, so einfach zu mieten geben. Ich bemühte GoogleMaps, was die Angelegenheit nicht einfacher machte. Der Ort Miasino wurde von Streetview noch ausgespart.

Ein weißer Fleck in grüner Landschaft. Das war nach den bisher gemachten Erfahrungen schlecht. Wollte oder sollte man die Katze im Sack kaufen? Ich rollte mit den Augen und erwartete eigentlich ein Klärwerk, fischverarbeitende Industrie oder ähnlich abstoßendes in der direkten Nachbarschaft. Aber auch weitere Nachforschungen brachten keinen Haken an dem Domizil zu Tage.

Am nächsten Tag wurde den Kindern die Buchung der Wohnung und die Bilder des Objektes auf der dazugehörigen Internetseite präsentiert. Eine Wohnung direkt über dem See. Das verhieß Badespaß ohne Ende. Und einen Ort namens St. Giulio gab es auch noch in der näheren Umgebung. Die Wahl wurde von den Kindern angenommen. Glück gehabt. Die Suche hatte ein Ende, es war ein befreiendes Gefühl. Es war also beschlossene Sache. Wir waren Papst, wir werden Italien. Bella bellissimo und ein dreifach „Chianti".

Freiburg. Fast Italien

Am ersten Freitag der Sommerferien ging die Reise um Punkt 9 Uhr am Morgen los. Das Auto war wie üblich bis unter das Dach, mit allem was man für einen entspannten Urlaub braucht, vollgestopft. Und das ist einiges. Es ist immer wieder erstaunlich, was man für zwei Wochen Urlaub alles so einpackt. Beim Einsortieren der Koffer und Taschen fühlte ich mich noch an das Spiel Tetris erinnert. Packen ohne unnötigen Platzverlust. Rein mit den Koffern, wieder raus mit den Koffern. Anders rein mit den Koffern, wieder raus mit den Koffern. Sich eine neue Reihenfolge der Koffer überlegen und erneut die Koffer und Taschen so platzsparend wie möglich einbauen. In diesem Moment hätte ich mir ein Wohnmobil gewünscht. Einfach alles rein und losfahren. Und vor allem in die andere Himmelsrichtung. Die Vorstellung in etwa 36 Stunden in Italien zu sein, erschien mir immer noch abwegig und erfüllte mich ein wenig mit Angst. Schweden als Ziel hätte zwar auch für Unruhe bei mir gesorgt, aber eher eine freudige. Eine etwas sorgenfreiere Freude. Da hätte ich mich auf bekannterem Terrain bewegt. Jetzt hieß es - Erstes Ziel: Das B&B Hotel in Freiburg-Süd. 750 Kilometer Autobahn. Deutsche Autobahn. Ein

Ort, der unentspanntes Fahren garantiert. Ein Garant für zu viele andere unentspannte Autofahrer, die sich um einen selbst herumtummeln. Aber es ist auch die erste Bewährungsprobe für das neu angeschaffte Navigationsgerät. Der Kauf war eine Bedingung von mir für diese Reise. Nur mit einem neuen Navi. Das alte Gerät war mittlerweile dermaßen veraltet, dass selbst ein Update nichts mehr brachte. Die Ladezeiten für eine eingegebene Adresse entsprachen der Anreisezeit von Hamburg nach Wiesbaden. Wer erreichte eher Wiesbaden? Wir oder das Navi?

Glaubt man dem Navi, dann noch 489 Kilometer bis nach Hamburg

Ja, ich habe etwas gelernt in diesem Urlaub und ich konnte einen gewissen Stolz darüber nicht verhehlen. Dieser Urlaub hat mir das Reisen wieder nähergebracht. Ich habe wieder Reisen gelernt. All die Jahre, in denen wir aus Bequemlichkeit und der Kinder wegen nach Dänemark gefahren sind, hat mich das Reisen verlernen lassen. So, wie es auch bei anderen passiert, die jedes Jahr nach Griechenland oder in die Türkei fahren, immer dasselbe Hotel buchen und dann dasselbe Zimmer bewohnen. Am Abend geht es wie selbstverständlich in das schon bekannte Restaurant und auch die Speisekarte bietet glücklicherweise nichts Neues. Jahr ein, Jahr aus. Keine Veränderungen. Ein bisschen wie nach Hause kommen. So wollte ich eigentlich gar nicht werden. Eigentlich wollte ich doch immer ein Vorbild für meine Kinder sein. Ich wollte weltmännisch sein. Das Abenteuer hinter einer Reise suchen. Doch die Lust auf neue Reiseziele war über die Jahre eingerostet und hat sich der Bequemlichkeit untergeordnet. Ich hatte diese Reiseroutine gen Norden immer willig angenommen. Vor etwa drei Wochen wurde ich nun gezwungen gewohntes Terrain zu verlassen. Mich auf einen neuen Weg mit vielen Gefahren, in ein fremdes Land, mit einer mir fremden Sprache zu machen. In eine Region, wo das Meer weit weg ist und der leere Horizont fern.

Die Autobahn lässt noch immer eine flüssige Fahrt zu. Jetzt ist der Urlaub schon wieder vorbei. Die Familie schläft und so richtig fassen kann ich es noch immer nicht, dass wir tatsächlich unseren Urlaub, nach all dem Hin und Her, in Italien verbracht haben. Vor etwa drei Wochen waren wir noch auf der Gegenspur der Autobahn in Richtung Italien unterwegs gewesen, bereit für neue Ziele. Bereit meine Einstellung zum Reisen neu zu überdenken, meinen Entdeckergeist wiederzuerwecken und die Welt da draußen zu erobern. Neue Herausforderungen anzunehmen. Alte Routinen und Gewohnheiten über Bord zu werfen. Ich wollte einfach noch nicht alt und eingefahren sein.

Ich bin echt stolz, jetzt auf dem Rückweg von Italien nach Hause, so entspannt hinter dem Steuer sitzen zu können.

Das war auf der Hinfahrt noch ganz anders. Da war ich zwar schon gewillt weltmännisch zu werden, aber noch immer im Anfangsstadium und sichtlich nervös. Mein alter Thermosbecher mit heißem Kaffee (diese Gewohnheit konnte ich nicht ablegen) sollte mir dabei helfen, tat sich aber noch schwer damit. Und meine Frau trug auch nicht unbedingt dazu bei, dass sich meine Nervosität legen konnte.

Sie las uns laut aus dem neuen Reiseführer vor, der uns auf Italien vorbereiten sollte. Und dann kam sie auch noch zuerst zu den Warnhinweisen für Touristen. Sie hob die Stimme und wies mahnend daraufhin, dass es in Spanien und Italien eine Art von Carnapping gibt. Mit erhobenem Zeigefinger und eindringlicher Stimme erläuterte sie das Vorgehen der Täter. „Dabei wird auf der Autobahn aus einem überholenden Fahrzeug heraus auf den Hinterreifen des eigenen Fahrzeugs gezeigt und eine angebliche Panne signalisiert. Man wird auf den Seitenstreifen gewunken und der Fahrer oder Beifahrer des signalisierenden Fahrzeugs bietet freundlich und selbstlos seine Hilfe an." Warnend hob meine Frau jetzt den Zeigefinger noch ein wenig höher, bis er fast den Himmel des Autos berührte, damit auch sicher alle im Wagen zuhörten und ihre Worte das nötige Gewicht bekamen. Noch etwas lauter erklärte sie, ohne den Blick aus dem Reiseführer zu nehmen, „Dann ändert sich das Spiel und der eben noch so freundliche Mann weist einen mit vorgehaltener Waffe daraufhin, dass gar keine Panne vorliegt!" Eine dramaturgisch wichtige Pause folgte. Dann setzte sie mit gewichtiger Miene ihren Vortrag fort. „Währenddessen räumt sein Kompagnon das Auto der arglosen Familie aus und der Urlaub ist passé!"

Ich hörte damals den Ausführungen mit einem abgeklärten *Das-passiert-doch-nur-anderen-Lächeln* zu. Ich bin ja jetzt Weltenbummler, mit allen Wassern gewaschen, mir kann keiner was vormachen, wie ich mir ernsthaft einredete. Aber meiner Nervosität tat das keinen Abbruch.

Während meine Frau noch immer die Warnhinweise aus dem Reiseführer vorlas, überholte uns links langsam ein silberner Mercedes. Die Beifahrerin gestikulierte wild und zeigte immer wieder auf unseren Vorderreifen. Sie wollte uns offensichtlich auf den Seitenstreifen lotsen. Ich blickte die Frau freundlich an, verstand aber ihre Absicht nicht. Meine Frau las weiter die Warnhinweise laut vor. Sie las auch weiter, als ich den Schlenker auf den Seitenstreifen machte. Nicht, dass ich meiner Frau nicht zugehört hätte, aber ich fühlte mich dem Willen der gestikulierenden Dame verpflichtet - und irgendwie sicher und nichts Böses denkend. Wir waren ja schließlich noch in Norddeutschland, Niedersachsen machen solche fiesen Dinge nicht. Außerdem zeigte sie ja auch immer nur auf unseren Vorderreifen und nicht den Hinterreifen. Wir hielten also auf dem Seitenstreifen. Auch der silberne Mercedes hielt etwa 200 Meter vor uns. Meine Frau bemerkte jetzt auch die Veränderung und blickte von ihrem Reiseführer auf. Sagte aber nichts. Die etwas kugelige Dame aus dem Mercedes stieg aus und lief über den Seitenstreifen auf unser Auto zu. Die hochtoupierte Frisur wackelte bedrohlich bei ihrem Weg zu uns. Ich blieb starr hinter meinem Lenkrad sitzen und versuchte noch immer diese etwas ungewohnte Situation zu verarbeiten. Die Dame kam merklich aus der Puste bei uns an und begann schon, bevor meine Frau die Seitenscheibe öffnen konnte, unter unser Auto zu zeigen. Ich befand, dass von der etwas fülligen und atemlosen Frau keine Gefahr ausging und setzte ein freundliches Gesicht auf. Meine Frau sagte noch immer nichts.

Die kleine Dame neben unserem Auto zeigte noch immer unter das Auto und versuchte, das dort Gesehene, noch immer etwas atemlos, zu beschreiben. Sie sagte, dass etwas unter dem Auto flattert und knapp über dem Asphalt hängt. Jetzt stieg ich doch aus. Meine Frau hielt mich nicht davon ab. Sie starrte nur die Frau an. So neugierig war ich dann doch und legte mich unter das Auto. Und tatsächlich, der Unterbodenschutz hatte sich gelöst und kratzte fast auf der Straße. Dankbar für diesen Hinweis, verabschiedeten wir die nette Frau, die wieder zu ihrem Mann im wartenden Auto zurücklief. Ich sah ihr hinterher und überlegte, wann diese Frau das letzte Mal 200 Meter am Stück gelaufen ist. Der Laufstil war sehr eigenwillig und gequält. Was auch für die im Wind wogende Turmfrisur galt. Aber ich wollte auch nicht undankbar sein und schickte noch ein Winken als Zeichen meines Dankes in Richtung, des uns vermutlich im Rückspiegel beobachtenden Mannes, der auf seine keuchende Frau wartete.

Da hatten wir unsere erste Herausforderung der Reise und alles Weltmännische fiel wieder von mir ab. Der Unterbodenschutz schleifte fast auf dem Asphalt und ich sah als gänzlich unerfahrener Handwerker keine Möglichkeit, dieses hier und jetzt zu ändern. Fast alle Schrauben waren auf wundersame Weise verschwunden. Wirre

Gedanken schwirrten mir durch den Kopf. Die Warnungen aus dem Reiseführer, die kugelige Frau, die Frage, wo wir jetzt eine Werkstatt finden sollten? Wie die kugelige Frau es geschafft hat, die Schrauben unter unserem Auto zu lösen und wo sie uns gleich ausrauben würde? Es war die Frage, was für eine Gefahr ging von ihr wirklich aus? Hatte sie doch eine Waffe dabei? Versteckt in ihrer Turmfrisur? Ich dachte angestrengt nach und beschloss erst einmal weiter bis zur nächsten Ausfahrt zu fahren, um dort nach einer passenden Werkstatt zu suchen und der Gefahr eines Überfalls zu entgehen. Meine Frau sagte nur „die war aber nett, die Dame!"

Durchatmen. Erste Regel für einen Weltmann: Immer erst einmal die Truppe beruhigen, bevor man selbst in Panik verfällt. Zweite Regel: Handeln, auch wenn der Weg ins nichts führt. Aktionismus simulieren. Der Rest findet sich. Wir krochen langsam über die Autobahn und nach einer gefühlten Ewigkeit von 450 Metern kam die nächste Autobahnausfahrt in Sicht. Wir waren runter von der Autobahn und kein silberner Mercedes weit und breit. Keine im Wind wogende Turmfrisur mit Waffe in Sicht. Wieder Durchatmen. Jetzt fehlte uns nur noch eine Werkstatt, die noch nicht im Wochenende ist und bereit ist, das Auto schnell zu reparieren. Und während ich noch immer fieberhaft über die nächsten sinnvollen Schritte nachdachte, erhob sich schon in der Kurve der Ausfahrt auf wundersame Weise, wie ein Phoenix in strahlendem Glanz, langsam die Leuchtreklame für eine Autowerkstatt. Ich konnte mein Glück kaum fassen. Ich hatte alles im Griff. Ich bin Weltmann.

Die Jungs in der Werkstatt hatten das Problem schnell geklärt und 12,78 EUR und Fünf Schrauben später waren wieder auf der Autobahn. Stolz wie Oskar, saß ich in diesem Moment wieder hinter dem Lenkrad. Ich hatte ein Problem souverän gelöst. Ein großer Teil der Anfangsnervosität fiel bei mir ab. Ein kleiner Schritt für die Menschheit, ein großer Schritt für mich. Ich bin König. Der Macher des Tages. Der Urlaubsretter. Dank meiner übermenschlichen Willenskraft ging die Reise weiter. Den Bergen entgegen. Wir waren wieder im Rennen. Ich fühlte mich unschlagbar. In diesem Moment hätte ich auch problemlos den Ärmelkanal durchschwimmen können. Rückwärts. Ein Gewinnerlächeln stand mir im Gesicht. Und das zeigte ich gerne allen anderen Autofahrern. Meine Frau musterte mich von der Seite. Merkte, dass ich gefühlt einen Kopf größer geworden war. Sie lehnte sich zu mir rüber und kam dicht an mein Ohr, damit die Kinder es nicht hörten. Dann flüsterte sie „das war reines Glück, dass ausgerechnet hinter dieser

Ausfahrt eine Autowerkstatt war", lächelte und gab mir einen Kuss auf die Wange.

Ohne weitere Zwischenfälle erreichten wir am späten Nachmittag das als Zwischenstopp auserkorene Freiburg.

Die Schweiz. Immer langsam

Am nächsten Morgen ging die Fahrt in Richtung Basel weiter. Es regnete. Es machte uns die Vorstellung nicht einfacher, nur noch wenige Kilometer von dem als sonnig verschrienen Italien entfernt zu sein. Und wir waren nicht alleine auf der Autobahn. Noch viele weitere Reisende strebten gen Süden und auf die Schweizer Grenze zu. Wollen die alle nach Italien? Der Verkehr wurde mit jedem gefahrenen Kilometer merklich dichter. Etwa 12 Kilometer vor der Grenze warb erstmalig eine Tankstelle für den Verkauf von Vignetten. Die Schweiz möchte für die Nutzung ihrer Straßen bezahlt werden. Wer keine Vignette hat oder kauft, darf auf den schweizerischen Autobahnen nicht fahren. Das Schild zog. Hunderte von Autos drängelten sich auf der Einfahrt zur Tankstelle und an den Zapfsäulen. Gefühlte Wartezeit: 2 Stunden. Ich ließ das Angebot rechts liegen und fuhr ohne Vignette weiter bis zur Grenze. Auch hier gab es Wartezeiten. Ich war nervös, aber vorbereitet. Ein Arbeitskollege hatte mir im Vorwege den Tipp gegeben, nicht an der Tankstelle die Vignette zu besorgen, sondern direkt zur Grenze durch zu fahren. Mit einem mulmigen Gefühl vertraute ich auf diesen Tipp und rollte weiter im Stau auf die

Schweizer Grenze zu. Und auf wundersame Weise waren alle gleich langsam auf der Anfahrt zur Grenze. Ob mit oder ohne Vignette. Je länger wir an der Grenze standen, um so unsicherer wurde ich. „Was ist, wenn die uns nicht reinlassen? Die uns zurück zur Tankstelle schicken und wir nochmals hier anstehen müssen? Der Zollbeamte mit uns schimpft? Und ich ihn nicht verstehe mit seinem Schweizer-Deutsch?" Irgendwann standen wir neben dem Zollbeamten. Meine Hände waren vor Nervosität eiskalt. Ich schenkte dem Beamten ein debiles Lächeln. Es folgte nicht das von mir befürchtete Drama „ohne Vignette kommst Du hier nicht rein!", sondern wir erhielten von dem lächelnden Beamten, ohne großen Aufhebens, die Vignette ins Fenster geklebt. Wir erhielten sogar ein freundliches „Willkommen in der Schweiz und gute Fahrt" mit auf den weiteren Weg.

Der Tipp, die Maut erst an der Grenze zu zahlen, war Gold wert. Und das Wissen, die zusätzliche Wartezeit auf der Tankstelle vor der Grenze gespart zu haben, machten mich jetzt schon zum Gewinner des Tages. Und das schon zum zweiten Male in Folge. Erneut durchströmte mich das Hochgefühl, etwas richtig gemacht zu haben. Das Lächeln eines Besserwissers stand mir jetzt im Gesicht, so wie bereits am Vortag, nach dem kurzen erfolgreichen

Werkstattbesuch. Und dieses Lächeln zeigte ich gerne wieder genüsslich den anderen, schlecht gelaunt und genervten Autofahrern, die vermutlich schon ein paar Stunden länger auf der Tankstelle und diesem kleinen Teilstück der Autobahn unterwegs gewesen sind.

Die Fahrt durch die Schweiz verlief ruhig. Alle Steuersünder verhielten sich unauffällig.

Am Gotthardtunnel staute es sich ein wenig und ließ uns irgendwann stehen. Man musste wieder mit etwas Wartezeit rechnen. Eine Ampelschaltung regelt hier den Verkehr. 17 Kilometer Tunnel sind lang. Die Vorstellung, wieviel Berg sich gerade über mir stapelte, ließ mich schaudern. Aber 17 Kilometer können angenehme Veränderungen bringen. Bei Regen rein in den Tunnel, bei Sonnenschein wieder raus. Viel Licht schlug uns in der Tunnelausfahrt entgegen und eine unerwartete Wärme empfing uns. Das Außenthermometer des Autos stieg schlagartig um ganze Zehn Grad an. Dank der Sonne machte sich gleich ein wenig mehr Urlaubsstimmung im Auto breit. Das Thermometer stieg noch immer weiter und erreichte sage und schreibe ungewohnte 24 Grad. „Wir haben Italien noch gar nicht erreicht und haben jetzt schon ein fantastisches Wetter!", jubilierte meine Frau, die sofort ihre Sonnenbrille aus ihrer Handtasche herauskramte und verzückt aufsetzte. Die italienische Grenze. 26 Grad. Das Navi lotste uns nun in Richtung Lago Maggiore. Es wollte uns einmal um den gesamten See dirigieren, um dann von Süden den kleineren Lago d´Orta anzusteuern. Warum das Navi diesen Weg wählte, wusste keiner im Auto. Man hätte bestimmt auch auf der anderen Seite des Sees entlangfahren können. Er wäre augenscheinlich der Kürzere gewesen. Aber wir schenkten dem neuen Navigationsgerät mit noch vorhandener Werksgarantie blindes Vertrauen und folgten den Anweisungen. Wir verließen irgendwann die Autobahn und die Fahrt ging weiter über Landstraßen, durch viele kleine Dörfer und noch über viele kleinere Straßen und durch noch mehr viele viel kleinere Dörfer. Immer weiter gen Süden. Doch ganz traute ich dem Braten nicht und auch meine Frau hatte sich bereits die Europakarte auf den Schoß gelegt und suchte das nördliche Italien nach unserem jetzigen Standort ab. „Auf der Landkarte sind doch Autobahnen eingezeichnet", stellte ich mit einem kurzen Seitenblick auf den aufgeschlagenen Straßenatlas fest. „Warum fahren wir hier durch Dörfer? Kann mal jemand die Einstellung des Navis prüfen? Was wurde denn eingestellt? Der schnellste, kürzeste oder der schönste Weg, mit den

Sehenswürdigkeiten der Regionen als Anlaufpunkte?" Fragen, die mir natürlich keiner beantworten konnte. Ich erhielt nur ein Achselzucken. Wir wussten nicht einmal so ganz genau, wo wir uns überhaupt gerade auf der Landkarte befanden. Ich hoffte, wenigstens noch in Norditalien zu sein und nicht schon auf dem Weg in die Toskana. Die Orientierungslosigkeit lag nicht zwingend an meiner Frau. Sie ist eine ausgesprochen begabte Kartenleserin, die in der Lage ist eine Landkarte zu lesen, ohne die Karte nach jeder Kurve in Fahrtrichtung mitzudrehen. Nein, es lag an der Straße. Die Dörfer, die wir gerade passierten, waren so klein, dass sie auf der Karte nicht einmal verzeichnet waren. Sie waren teilweise wirklich so klein, dass man die Außenspiegel beim Durchfahren einklappen musste, um nicht in den engen Gassen an den Hauswänden entlang zu schaben. Die Wege waren manchmal so eng, dass wir rückwärts wieder rausfahren mussten, weil nicht einmal mehr das Außenspiegeleinklappen half. Gerade mal eselkarrenkompatibel. Und das waren noch die Hauptstraßen auf denen wir gerade fuhren. An die anderen Gassen in diesen kleinen alten Dörfern und dem eigentlich anvisierten Dorf Miasino, mochte ich zu diesem Zeitpunkt noch gar nicht denken.

Zumindest verstand ich jetzt, warum FIAT sehr viele Kleinwagen in Italien verkauft.

Über Miasino wusste ich nur, dass in der Anfahrtsbeschreibung zu unserem Ferienhaus die zuführende Straße als sehr eng bezeichnet wurde. Und die pauschale Bezeichnung „eng", hier in diesen Gassen, bereits jegliche Aussagekraft verlor.

Doch das Navi behielt recht. Nach einer langen und schweißtreibenden Fahrt öffnete sich vor uns der gesuchte See in seiner vollen Schönheit. Der Lago d´Orta. Von hohen Bergen umgeben, lag der im Sonnenschein glitzernde See zu unseren Füßen. Ein Gefühl des Ankommens durchströmte mich, obwohl ich noch nie in meinem Leben hier gewesen bin. Ich war erstaunt über mich selbst. Dieses Gefühl, dass mich etwas Fremdes dermaßen anzieht, habe ich schon sehr lange nicht mehr in dieser Intensität gespürt. Ist das ein Gefühl was angehende Weltmänner auf ihren ersten Schritten in die weite Welt erfahren, fragte ich mich? Hat Kolumbus auch dieses Gefühl erlebt, als er eine neue Welt entdeckte? Bin ich auf dem richtigen Weg?

Einige wenige Kilometer weiter, begrüßte uns auch endlich das Ortsschild von Miasino. Der Ort entpuppte sich, wie die bereits durchquerten Orte, als kleiner, aber wunderschöner ruhiger Ort. Ein italienisches Bergdorf, mit sandsteinfarbenen Häusern, einer kleinen Kirche, unzähligen kleinen Kapellen mit Madonnen und Kruzifixen und keinen Menschen.

Während der Schleichfahrt durch die engen Gassen war keine Menschenseele zu sehen. Überall waren die Fensterläden verschlossen. Nur die frischgewaschene Wäsche, die an Leinen von Fenster zu Fenster über den Gassen hingen, wiesen auf wohl doch vorhandenes Leben in dieser Stadt hin. Auch hier in Miasino war das Einklappen der Außenspiegel Pflicht. Dass die Zufahrt zu der in den Reiseunterlagen angegebenen Adresse etwas enger sein würde, wusste ich ja bereits. Aber nach den heutigen Erfahrungen mit dem Zustand „eng" wirkte diese Straße nahezu geräumig. Ich musste nicht einmal die Außenspiegel einklappen. Die abschüssige Straße führte wieder aus dem Ortskern hinaus in einen Randbezirk, der mit einigen Einfamilienhäusern und großen Gärten lockte. Die Spannung stieg im Auto. Wo würden wir landen? Wie sieht unser Haus tatsächlich aus? Langsam und mit einem wachsamen Auge auf die umgebenden Mauern, nährten wir uns unserem Ziel und am Ende der Straße bestätigte das Navi dann endlich „Sie haben Ihr Ziel erreicht!"

Villa Verde

Das Haus lag am Ende dieser kleinen engen Gasse. Auf der rechten Seite wuchs eine steile massive Steinmauer in die Höhe, die wohl den dahinterliegenden Berg halten sollte. Auf der linken Seite, mit dem Blick auf den See, stand ein stattliches Haus in mitten eines gut begrünten Gartens. Und wir stellten fest – es war „unser" Haus. Die Villa Verde. Wie im Prospekt beschrieben. Direkt vor dem großen Tor der Villa bot die Straße eine kleine Parkbucht an der Mauer, die wir dankend nutzten. Viel weiter ging die Straße dann auch nicht mehr. Ab hier gab es nur noch einen sehr steilen namenlosen Weg bergab zu zwei oder drei weiteren Häusern, mit einem Gefälle, welches unserem Auto beim Erklimmen alles abverlangt hätte.

Da waren wir nun tatsächlich angekommen. In Italien, vor der Villa Verde. Etwas unschlüssig standen wir vor dem verschlossenen schmiedeeisernen Tor, welches, wie der dazugehörige mannshohe Zaun, das Grundstück von der Straße trennte. Hinter dem Tor stand die zwei Etagen hohe, mit ausgebautem Dachgeschoss ausgestattete, beige gestrichene Villa. Unter dem

Giebeldach sollte die Ferienwohnung liegen. Unsere Ferienwohnung.

Als ob wir ein Rätsel zu lösen hätten, standen wir weiter unentschlossen vor dem Tor und betrachteten das Gebäude. Wie sollten wir da jetzt rankommen oder besser noch, reinkommen? Sämtliche in einem dunklen Grün gestrichene Fensterläden waren geschlossen. Es gab kein Anzeichen von Leben in diesem Haus. Nichts, was daraufhin deutete, dass dieses Haus überhaupt bewohnt ist. Die Stille hatte schon fast etwas Bedrückendes. Für einen Norddeutschen ist solch ein Anblick ungewohnt. Bei uns im Norden werden die Fensterläden ja eigentlich eher nachts geschlossen. Geschlossene Fensterläden tagsüber, heißt bei uns, das Haus ist verlassen und zum Abriss freigegeben. Ich fühlte mich etwas unwillkommen. Diese hocheingezäunte Villa wirkte alles andere als einladend. Fast schon abwehrend. „Bloß keine Besucher, die mich in meiner Ruhe stören", möchte man das Haus stöhnen hören. Beim Mustern des Hauses stellte ich fest, dass an einigen Stellen die Farbe von dem Putz der Fassade abblätterte. Die Villa Verde war wirklich schon in einem gesetzteren Alter. Eher eine alte Dame, die stolz und aufrecht durchs Leben geht und die dabei gesammelten Falten mit viel Würde trägt. Dornröschen hätte sich hier wohlgefühlt. Trotzdem nahm ich die abblätternde Farbe mit Erstaunen zur Kenntnis und stellt für mich fest: Fassadenfarbe hält keine drei Jahre an den Wänden der Häuser hier in Italien. Erstaunlich, wie schnell Häuser hier verwittern. Immerhin liegt laut der Reiseunterlagen eine Vollsanierung des Objektes gerade einmal drei Jahre zurück. Natürlich in der üblichen Prospektmanier überschwänglich angepriesen und lobend erwähnt. Ich ließ von der Analyse der Anstrichqualität ab und widmete mich lieber wieder dem eigentlichen Ziel. Der gemieteten Ferienwohnung. Wir standen ja noch immer vor der Villa und waren noch nicht einen Schritt weiter in dieser Richtung gekommen. Nicht einmal durch das schmiedeeiserne Tor, das weiterhin zwischen uns und dem Haus stand und uns den Zutritt zur Villa Verde verwehrte.

Ich blickte mich noch einmal unschlüssig um. Vielleicht, um irgendwo her einen Hinweis zu bekommen, wie es jetzt weitergehen sollte. Eigentlich sollte uns laut Reiseveranstalter eine gewisse Sally in Empfang nehmen. Aber die war weit und breit nicht zu sehen. Müde von der Fahrt und des Wartens überdrüssig, drückte ich einfach mal auf eine der Klingeln, die in einem der beiden massiven Steintorpfosten eingelassen waren. Ich nahm die Oberste. Ich dachte, wenn die Wohnung unter dem Dach liegt, dann macht das Sinn. Und vielleicht dachte ich auch, wenn das falsch ist, dann haben wir noch genügend Zeit zum Weglaufen. Das wäre dann mein erster Klingelstreich in Italien gewesen.

„Sally. Ein typisch italienischer Name", schmunzelte ich in mich hinein, während wir auf irgendeine Reaktion aus dem Haus warteten. Noch schwieg die Villa. Nach der Anzahl der Klingeln ließ sich aber darauf schließen, dass es wohl doch Leben in diesem Hause geben sollte. Noch mindestens drei weitere Familien sollten dieses Haus bewohnen. Ein Surren und ein leises Klicken ließen das Tor einen kleinen Spalt breit aufspringen und mich gleichzeitig zusammenzucken. Ich drückte zögerlich das schwere Tor auf und wir betraten nacheinander unsicher erstmalig das Grundstück hinter dem schweren Tor. Das Grundstück, auf dem wir die nächsten zwei Wochen wohnen, leben und Urlaub machen sollten. Nach zwei Tagen Fahrt ein bewegender Moment, der Erwartungen schürte und natürlich die Frage aufwarf, ob man sich die nächsten Wochen hier auch wohlfühlen würde.

Zumindest wurden wir nicht von einem großen Wachhund mit blutunterlaufenden Augen und gefletschten Zähnen angefallen, was ich schon einmal wohlwollend zur Kenntnis nahm, nachdem ich als Erster das Grundstück betreten durfte. Ein Schicksal, das ich mit vielen Familienvätern teilen muss. Immer als Erster vorne weg. Da wird komischerweise die freundliche Einladung „Lady´s first" gerne überhört. Schon eine miese Masche der Familie mich vorzuschicken und einem eventuellen Bluthund zum Fraß vorzuwerfen. Aber als Familienvater ist es wohl mein Job voran zu gehen. Das war ja auch schon bei den Höhlenmenschen so. Der Mann schlief immer am nächsten zum Höhlenausgang, um sich bei drohender Gefahr, beispielsweise einem angreifenden Säbelzahntiger, selbstlos entgegenzuwerfen und sich, zum Schutze der Familie natürlich, zum Fraß anzubieten. Es war also schon mal ein positiver Aspekt, dass mich kein Hund oder Säbelzahntiger anfiel. Eine Tatsache, die für das Domizil sprach und damit die ersten Pluspunkte für die Villa Verde bedeuteten.

Sicherer wurden wir trotzdem nicht im Auftreten. Wir querten etwas zögerlich den kleinen Kiesstreifen zwischen Tor und Haus. Ich hatte die Wachhundfrage für mich noch nicht gänzlich abgeschlossen. Das Grundstück schien groß zu sein. Da hat ein Hund weite Wege zu gehen. Vielleicht versteckte er sich auch nur irgendwo. Hinter einem der dichten Büsche, die ich links vom Haus erahnen konnte. Ein kleiner Bluthund, der nur darauf wartet, dass auch wirklich alle auf dem Grundstück sind, das Gartentor wieder ins Schloss gefallen und der Fluchtweg abgeschnitten ist. Ein mieser Trick, um sich ungestört in einer unserer acht nackten Waden zu verbeißen. Den Rest von uns würde er irgendwo im Garten verscharren; für schlechte Zeiten. Aber nach dem lauten Zufallen des Gartentores passierte erst einmal nichts; nichts was einer Bedrohung gleichgekommen wäre. Über dem Haus und dem Anwesen lagen noch immer Ruhe und Stille. Die grünen Fensterläden blieben weiterhin verschlossen. Niemand in dem Haus interessierte sich für die Neuankömmlinge. Ich machte einen langen Hals und versuchte links und rechts am Haus vorbei einen kleinen Blick in den üppigen Garten zu erhaschen, aber die gepflegten Büsche ließen keinen tieferen Einblick auf das weitere Anwesen zu. Nur ein kleiner gemauerter Gartenteich mit Seerosen auf dem Wasser und einer kopflosen Dame mit Amphore im Arm, die in der Mitte des Teiches stand, konnte ich erkennen. Der Dornröscheneindruck ließ sich nicht vertreiben.

An der eigentlichen Eingangstür angekommen, begann auch schon der Summer die Ruhe empfindlich zu stören und das Schloss, der ebenfalls in grün gehaltenen und mit zahlreichen Schnörkeln und kleinen Scheiben verzierten Tür, zu öffnen. Immer noch niemand, der uns persönlich in Empfang nahm. Keine Sally. Stille.

Eigentlich war es der klassische Beginn eines Gruselfilms. Haus lockt Passanten in sein Inneres, um sie genüsslich zu vertilgen. Sally, die bucklige Haushälterin als Handlanger des Hauses „…und keiner hörte die verzweifelten Schreie durch die dicken Wände und die arglose Familie blieb für immer verschwunden. Nur die kopflose Dame mit der Amphore im Arm war stummer Zeuge!"

Wie das Tor drückte ich diese Tür auch sehr zögerlich auf. Und wieder stieg die Spannung bezüglich der Frage, ob sich das Haus und die Familie für die nächsten zwei Wochen vertragen würden. Das Treppenhaus war alt. Aber es strahlte einen feudalen Charme vergangener Zeiten aus. Das Interieur war edel. Eine breite Marmortreppe führte nach oben in das nächste Stockwerk. Viel Stuck und kühle Luft begleiteten uns auf dem Weg nach oben. Auf den breiten Fensterbänken standen alte gusseiserne Bügel- und Plätteisen. Auf den geräumigen Zwischenetagen fanden sich noch weitere Dinge aus dem Haushalt vergangener Tage, wie Spinnräder und alte Nähmaschinen. Alles vermutlich echte, ehemalige

Gebrauchsgegenstände, die hier als Dekorationstücke, schön arrangiert, für Wohlbehagen sorgen sollten. Allerdings fühlte ich mich eher an einen Museumsbesuch erinnert, als an ein Wohnhaus. Nur mit dem Unterschied, dass hier mehr Staub lag und ich keine Filzpantoffeln überziehen musste, um den historischen Boden des Hauses zu schonen. Es schien sich also tatsächlich um ein Treppenhaus und kein Museum zu handeln. Die Wände waren aufwendig mit Wandmalereien verziert und gaben dem Ganzen einen herrschaftlichen Rahmen. Trotzdem konnte die Villa Verde ihr wahres Alter nicht verbergen. Hier und da blätterte die Farbe ab und die Wandmalereien waren über die Jahrzehnte verblasst. Die Malereien hatten deutlich an Intensität verloren und die einst leuchtenden Farben versuchten durch die aufgelegte Patina, mit leichten pastellfarbenen Akzenten, die Aufmerksamkeit des Betrachters zu erschleichen. Auf dem Weg nach oben trafen wir niemanden und auch aus den anderen Wohnungen drangen keine Geräusche ins Treppenhaus. Es war totenstill. Nur die eigenen Schritte auf den Marmorstufen hallten von den Wänden wider. Die bucklige Sally ließ sich nicht blicken und es war auch das Nachziehen eines Klumpfußes über den Marmorboden nicht zu vernehmen. Auf jeder Etage schien jeweils nur eine große Wohnung zu liegen, die sich durch großzügige Wohnungstüren vom Treppenhaus abgrenzten. Alle aufwendig aus Holz gearbeitet und ab halber Höhe mit Glasfenstern ausgestattet. Die Fenster feingeschliffen und mit kunstvollen Gravuren verziert. Befremdlich war allerdings, dass diese Scheiben nicht aus Milchglas oder ähnlichem blickversperrendem bestanden. Sie waren klar und man konnte problemlos in die einzelnen Wohnungen, tief durch den gesamten Wohnungsflur, bis in das hinterste Zimmer blicken. Aber es gab trotz dieser freien Einblicke kein Anzeichen für weiteres menschliches Leben. Kein Licht, keine Geräusche, keine Musik, kein aufgewirbelter Staub. Bei dem Gang durch das Treppenhaus hoffte ich durch die Scheiben der Wohnungstüren nichts zu sehen, was ich besser auch nicht sehen sollte oder vielleicht auch nicht sehen wollte. Ich schauderte. Immerhin befanden wir uns in Italien. Dem Land der Mafia. Und ich habe einige Mafiafilme gesehen. Ich weiß, wie die arbeiten. Ich habe Robert de Niro bei der Arbeit gesehen. Als kaltblütigen Mafioso, die Geschäfte der Familie regelnd. Ich sah jetzt Robert de Niro vor mir. „…und keiner hörte die verzweifelten Schreie durch die dicken Wände und sie blieben für immer verschwunden!" ging es mir wieder durch den Kopf. Ich horchte – keine Lederabsätze feiner italienischer Schuhe auf Marmor zu hören. Nein, ich wollte nicht zufällig Zeuge von etwas werden, was ich nicht sehen sollte. Ich wollte nicht mein Leben mit Betonschuhen im Lago beenden. Zumindest nicht, bevor ich nicht wenigstens einmal die lang ersehnte Wohnung im Dachgeschoss gesehen habe.

Irgendwann endete das Treppenhaus und es führte nur noch eine schmale Stiege weiter nach oben. Wollte uns das Haus gleich auf den Dachboden locken? Uns oben vertilgen?

Oben, in der Wohnung angekommen, begrüßte uns tatsächlich eine junge Frau, die sich als Sally vorstellte. Sie war sympathisch, dunkelhäutig, hatte keinen Buckel und war auch keine Italienerin. Damit lag ich in meiner Vermutung ziemlich richtig, dass Sally kein typischer italienischer Name ist. Wir sprachen dann auch zum Glück Englisch miteinander. Ich freute mich. Wir erhielten unser erstes Lächeln in Italien. Eigentlich das erste Lächeln, seit dem freundlichen Zöllner an der Schweizer Grenze.

Sally erwies sich als eine ausgesprochen angenehme Gastgeberin und sie nahm sich uns freundlich und zuvorkommend an. Sie führte uns durch die Wohnung und erläuterte die Vorzüge und wo wir was finden. Sie erklärte einige Besonderheiten, wie die Mülltrennung, die auf einem der Balkone ihren Platz gefunden hatte. Dabei hoffte ich, dass es die Nordseite ist und der Müll nicht die ganze Zeit der intensiven Sonneneinstrahlung ausgesetzt sein wird. Den Geruch verrottenden Mülls wollte ich mir eigentlich nicht ausmalen, aber für diesen Moment war es schon zu spät. Ich musste an Venedig denken.

Nachdem alles gezeigt und erklärt war, verabschiedete sich Sally freundlich, wünschte uns einen schönen Urlaub und zog ihrer Wege.

Jetzt standen wir alleine in der Wohnung und sahen uns noch einmal wortlos um und dann gegenseitig an. Die Wohnung bot reichlich Platz, war großzügig geschnitten, hatte drei Balkone und zusätzlich als Besonderheit eine ebenfalls großzügige Dachterrasse mit Blick über die Halbinsel San Giulio und den halben Lago d´Orta. Ein beeindruckender Ausblick. Ergriffen standen wir alle auf der Dachterrasse und bewunderten dieses einmalige Panorama. Der See lag uns wieder zu Füßen.

Meine Frau stieß mir nach einer Ewigkeit des Staunens in die Seite und raunte, ich soll mich mal von dem Ausblick wieder losreißen. Die Kinder waren schon wieder los, die Wohnung inspizieren und wir folgten zu einer zweiten Wohnungsbegehung.

In der Zwischenzeit hatte mein Sohn eine interessante Entdeckung gemacht. Das Haus war doch nicht ganz so leblos, wie es bisher schien. Die Wohnung und den Ausblick teilten wir uns mit einigen Ameisen, was aber vorerst in Ordnung ging. Die Ameisenstraße verlief an der Balkontür entlang und störte nicht weiter. Auch wenn sie von innen an der Tür entlangführte. Glücklicherweise trampeln Ameisen ja nicht so laut. Also einigten wir uns darauf, wenn sie uns in Ruhe lassen, dann wollen wir auch keinen Unfrieden stiften und schlossen mit den Ameisen einen gegenseitigen Nichtangriffspakt.

Die Möblierung war größtenteils alt, fast schon antik wie das Haus. Ein Sammelsurium unterschiedlichster Möbelstücke, die nur leidlich zu einander passten. Ich musste an die Einrichtungen der schwedischen Ferienhäuser denken, die wir auf Vermietungsseiten im Internet gefunden hatten und die ebenfalls ein wildes Einrichtungssammelsurium boten. Kleine Antiquariate, eingerichtet mit schwedischen Möbeldesigns verschiedener Epochen. Aber eins unterschied diese Wohnung von den Schwedenhäusern. Über allem lag hier der aufdringliche und schwere Geruch von Lavendel. Aus allen Schränken heraus verströmten kleine Säckchen mit echtem Lavendel einen mottenabschreckenden Geruch, der auch bei mir die Nasenschleimhäute kräftig kribbeln ließ.

Die Wohnung hatte scheinbar an der im Exposé genannten Renovierung vor ein paar Jahren nicht vollständig teilgenommen. Sie verfügte wie angegeben über zwei Badezimmer. Das eine war tatsächlich recht frisch renoviert. Das andere wirkte naturbelassen. In der dort stehenden Badewanne hätte Mussolini noch gelegen haben können. Zumindest nach den braunen Spuren zu urteilen, die der Wasserhahn in jahrelanger Tröpfchenbildung auf der Glasur der Wanne reichhaltig hinterlassen hat. Aber es war glücklicherweise nur oxidiertes Eisen im Leitungswasser, was die Wanne etwas unansehnlich hat werden lassen und nicht die farblich passende faschistische Ansicht Mussolinis. Ich hoffte zumindest, dass Mussolini niemals in dieser Wanne gelegen hat. Hier gab es dann auch nur kaltes Wasser. Das andere, das renovierte Bad, hatte eine Duschwanne mit warmem und kaltem Wasser. Zudem verfügte das Badezimmer zusätzlich über einen ausgewachsenen Dachbalken, der sich direkt über der Duschwanne - bei meiner Größe etwa auf Kinnhöhe – quer durchs Badezimmer zog. Ein unglücklicher Platz, wenn man ein normal gewachsener Mensch ist. Mussolini hingegen, hätte mit seinen 169 cm Körperlänge hier entspannt unter dem Balken durchlaufen und duschen können.

Der Gesamtzustand der Wohnung lässt sich mit einem kleinen Vorfall gleich am ersten Abend zusammenfassen. Beim Lichteinschalten fiel eine Glühbirne aus der Fassung eines Strahlers an der Zimmerdecke und zerschellte in tausend Splitter auf dem Holzfußboden. Warum? Keine Ahnung. Es kann nur besser werden, dachte ich, als ich die Scherben der unvermutet von oben gekommenen Glühbirne zusammenfegte. Scherben sollen ja Glück bringen. Zumindest ist die Birne mir nicht auf meine eigene gefallen. Man will ja nicht undankbar sein.

Die Wohnung hatte wahrlich ihren eigenen Charme. Sie war schön, aber auch irgendwie anders. Anders, als all die Ferienwohnungen, die ich bisher so erlebt habe. Eine Wohnung vieler kleiner Überraschungen. Ich war gespannt, was diese Wohnung noch so für uns und den weiteren Urlaub parat halten würde.

Hamburg: 476 Kilometer, laut Autobahnschild

Das Tempo verlangsamt sich und ein Schild droht mit einer weiteren Baustelle auf diesem Autobahnabschnitt. Unsere Spur wird durch gelbe Linien nach links auf die Gegenspur geleitet, wo sich normalerweise der Gegenverkehr austobt. Der Verkehr hat merklich zugenommen und auf den jetzt verjüngten Fahrspuren schiebt sich der blecherne Lindwurm nur noch behäbig voran. Ein roter Smiley mit hängenden Mundwinkeln kündigt eine Baustellenlänge von 12 Kilometern an. Der Baustellenbetreiber beweist echt Humor und ich erwische mich sogar dabei, dass ich lächeln muss. Durch das abbremsen ist meine Frau aufgewacht und blinzelt verschlafen in der Gegend herum. „Wo sind wir?" ist dann auch, mit einer etwas belegten Stimme, die erste Frage seit einer guten Stunde. Ich kann die Frage nicht genau beantworten. Ich habe mich von der Fahrt und meinen ausschweifenden Gedanken über den gerade absolvierten Urlaub einlullen lassen und hatte tatsächlich nicht mehr auf die Ankündigungen von größeren Städten geachtet. Eigentlich habe ich gerade überhaupt keine Ahnung, wo wir uns in Deutschland befinden.

Die Ankunft

Hier saßen wir nun. In Italien. Ausgerechnet die Familie aus Norddeutschland fährt nach Italien, hörte ich Freunde von uns noch spotten. Ich hatte auch noch die erstaunten Gesichter vor Augen, als ich auf die Frage nach dem Ziel im nächsten Sommerurlaub nicht erwartungsgemäß mit *Dänemark* antwortete, sondern als Ziel *Italien* nannte. Erst kamen große Augen und dann war es üblich, dass erst einmal die Rückfrage kam, ob man sich verhört hätte. „Italien? Sagtet ihr Italien? Was wollt denn ausgerechnet ihr in Italien?"

Jetzt saßen wir hier bei 34 Grad in Italien, 1.200 Kilometer von Zuhause entfernt, in einer Dachwohnung, irgendwo am Rande eines kleinen italienischen Bergdorfes und hatten nicht mehr viel zu trinken.

Bei meiner Tochter brachen zuerst alle Dämme. Sie setzte sich bei ihrer Mutter auf den Schoß und begann zu weinen. Sie wollte hier nicht sein. Ich konnte es verstehen. „Die Bettwäsche stinkt und die Wohnung ist nicht schön", jammerte sie. „Der See zum Schwimmen ist viel zu weit weg und der Garten unheimlich", waren ihre weiteren Argumente gegen diese Wohnung. Teilweise berechtigte Argumente, wie ich zugeben musste. Die Bettwäsche stank wirklich nach chemischer Reinigung und das nicht zu knapp. Ich merkte, dass die Vorstellungen unserer Tochter von einem italienischen Urlaub am See anders aussahen, als die Realität es jetzt hergab. Es waren alle müde nach dieser langen Fahrt und ich musste feststellen, dass die Begeisterung für den von ¾ der Familie gewünschten Italienurlaub gerade ein wenig kippte. Wir brachten unsere Tochter zu Bett und versprachen, morgen uns das Ganze hier noch einmal genauer anzusehen. Ein neuer Tag, eine neue Sichtweise. Sie war so müde, dass sie die letzten Worte wohl nur noch aus weiter Ferne aufnahm und mit einem ganz leisen „Ja" auf den Lippen einschlief.

Danach brach unser Sohn zusammen, der vorher noch ganz tapfer seine kleine Schwester versucht hatte aufzubauen. Aber auch er war mit der Gesamtsituation unzufrieden und ging dann zeitig ins Bett. Danach brach meine Frau zusammen. Auch sie konnte sich noch nicht so recht mit dem penetranten Lavendelduft aus den Schränken und der nach Chemie pur riechenden Bettwäsche anfreunden. Außerdem machte ihr das leblose Haus und die Ameisenstraße an der Innenseite der Balkontür Angst. Nicht unbedingt die Ameisen, aber der Gedanke, dass da noch mehr Krabbelgetier unterwegs sein könnte. Die Vorstellung sorgte nicht unbedingt für Entspannung. Auch sie ging zeitig ins Bett und auch sie erhielt die gleichen tröstenden Worte, wie bereits unsere beiden Kinder. Als alle im Bett waren, nahm ich mir eine mitgebrachte Flasche spanischen Riojas zur Brust. Der Skandal mit dem Glykol im Wein, der in den achtziger Jahren die italienische Weinproduktion erschütterte, hing mir noch immer im Kopf fest, auch wenn seitdem sehr viele Jahre ins Land gezogen sind und sehr viele hervorragende Weine den guten Ruf der Weinbauern in der Zwischenzeit rehabilitiert haben. Allerdings lässt sich bei mir der Gedanke an Frostschutzmittel im Wein nicht so schnell aus dem Gedächtnis verdrängen. Aber ich war ja auch erst seit wenigen Stunden hier in Italien. Da war ja noch genug Zeit, mich eines Besseren zu belehren. Ich suchte mir in der sparsam ausgestatteten Küche einen Flaschenöffner. Hier lernte ich den nächsten Dachbalken auf schmerzhafte Weise kennen. Ebenfalls auf einer gewöhnungsbedürftigen Deckenhöhe. Aber ich fand einen Korkenzieher, zwar erst nachdem ich mir noch ein zweites Mal den Kopf an dem sehr tiefliegenden Deckenbalken gestoßen hatte, aber das war es wert. Ich fand auch noch ein Glas und setzte mich so ausgestattet auf den kleinen Balkon mit Blick auf den See. Es war mittlerweile stockdunkel und die Nacht lag über dem See und dem ganzen Tal. Es war nahezu windstill. Der Blick war fantastisch. Die Lichter der am Ufer liegenden Häuser spiegelten sich auf dem dunklen See, irgendwo hörte man laute Stimmen und Musik, die von einer Tanzveranstaltung unten im Dorf nach oben auf meinen Balkon getragen wurden. Alles war eigentlich ganz schön und hätte Urlaubsstimmung verbreiten müssen, aber ich war nicht glücklich. Ich hatte gerade zwei harte Tage mit Autofahren verbracht. Ich hatte nach dieser strapaziösen Fahrt endlich mein Ziel erreicht und nun hatte ich eine todunglückliche Familie um mich. Was sollte ich jetzt tun? Ich goss mir ein Glas Wein ein und trank einen großen Schluck. Ich merkte, dass ich auch müde war und es kamen mir solch diffuse Ideen in den Sinn, wie beispielsweise am nächsten Morgen das Auto wieder zu packen und den Heimweg anzutreten. Mein Kopf brummte und ich kam zu keiner klaren Entscheidung über das weitere Vorgehen. Was macht Sinn und was nicht, verschwamm zu einem einzigen konfusen Einerlei und endete in einer gedanklichen Sinnlosigkeit. Das Einzige, was ich noch entscheiden konnte, war, noch ein zweites Glas Wein zu trinken. Langsam entspannte ich mich ein wenig. Der Blick von hier oben war wirklich fantastisch. Ich lächelte. Es hatte schon etwas Befremdliches, dass ausgerechnet ich jetzt hier einigermaßen zufrieden auf diesem Balkon in Italien saß. Ausgerechnet ich, der eigentlich gar nicht hier sein wollte. Der eigentlich irgendwo jetzt mit dänischen oder schwedischen Mücken kämpfen wollte, und nicht mit italienischen. Die waren auch das Einzige, was ich hier wiedererkannte. Mücken sind eine Konstante, die überall gleich anstrengend ist. Aber nichts desto trotz, die, die eigentlich unbedingt nach Italien wollten, schlummerten jetzt unzufrieden in ihren Betten. Verrückt. Aber zumindest hätte ich jetzt für die Urlaubsplanung im nächsten Jahr ein schlagendes Argument mehr, für einen schönen, entspannten Urlaub in Skandinavien. Zufrieden nippte ich noch einmal an meinem Glas Wein. Ich beschloss noch ein drittes Glas Wein zu trinken und dann ebenfalls den Weg ins Bett zu suchen.

Was sollte aus diesem Urlaub bloß noch werden? Was ist, wenn die Laune am Morgen immer noch so mies ist, wie an diesem Abend? Eine bleierne Schwere hing über mir und vor meinem geistigen Auge sah ich mich schon am nächsten Morgen das Auto packen und die lange Fahrt zurück nach Hamburg antreten. Ich wollte nicht weiter daran denken. Was für ein Schreckensszenario. Was für eine Niederlage auf dem Weg zum Weltmann. Nur der Blick über den ruhig unter mir liegenden See war versöhnlich. Ich nahm doch noch ein viertes Glas und leerte damit die Weinflasche. Ich beschloss, dass ich mir das nach diesem Tag verdient hatte. Und wer weiß, wie oft ich diesen einmaligen Blick hier noch genießen kann.

Die Piazza

Am nächsten Morgen sah die Welt schon ganz anders aus. Die Sonne strahlte golden durch die dünnen Gardinen in die Wohnung und irgendwie erschien alles viel freundlicher, heller und alles nicht mehr ganz so dramatisch und trostlos, wie noch am Vorabend. Die Wohnung zeigte sich in der Morgensonne von einer besseren Seite, als ob sie uns doch noch einige Tage länger halten wollte. Ich stieß mir zumindest nicht den Kopf am tiefliegenden Deckenbalken in der Dusche und auch nicht beim Kaffeekochen in der Küche. Das war immerhin schon was. Die Idee, an diesem Tag gleich wieder die Rückfahrt nach Deutschland anzutreten, schien vorerst in weite Ferne gerückt zu sein.

Beim ersten Frühstück auf dem Balkon mit dem Blick über den See verlor niemand ein Wort über die gestrige Ankunft. Jetzt, wo alle ausgeschlafen und frisch geduscht am gedeckten Tisch saßen, amüsierten wir uns sogar über die niedrigen Deckenbalken und die gewöhnungsbedürftige Dusche. Die gute Laune hielt wieder Einzug bei uns. Lediglich der auf allem liegende Lavendelgeruch und die Bettwäsche, die noch immer den starken Geruch aus der chemischen Reinigung in sich trug, hatten nichts an ihrer Unerträglichkeit verloren. Aber selbst das konnte die Lust auf einen ersten spannenden Tag in Italien nicht trüben. Die Familie war gewillt, der Wohnung, dem See und Italien noch eine Chance zu geben. Ich war froh, dass sich die Stimmung zum positiven über Nacht geändert hatte. Nur die Flasche Wein vom Vorabend lähmte mich noch ein wenig und lag als pelzige Erinnerung auf meiner Zunge. Die Vorstellung mich jetzt wieder für 1.200 lange Kilometer hinter das Steuer unseres Autos zu setzen, widersprach meinen Kopfschmerzen. Es reichte, wenn ich es in zwei Wochen wieder musste.

Meine Frau hatte in ihrem Reiseführer gelesen, dass es einen Fußweg von unserem kleinen Bergdorf Miasino bis nach Orta San Giulio unten am See geben sollte. Ferner wurde uns am Ziel unseres Weges eine kleine malerische Stadt mit engen Gassen und netter Piazza versprochen. Der Reiseführer tat also genau das, wofür Reiseführer da sind. Und dieser Reiseführer entwickelte sich während der weiteren Reise zum ständigen Begleiter meiner Frau und wurde immer und überall von ihr zu Rate gezogen. Auch wenn er nicht immer die passenden Antworten bei aufkommenden Fragen parat hielt. Leider auch nicht auf die Frage, wo denn der angepriesene Weg in Miasino überhaupt beginnen sollte. Aber das war meiner Frau scheinbar egal. Sie nahm jetzt das Zepter in die Hand. Auch ohne Plan. Wo eine Frau und Mutter ist, ist auch ein Weg. Und so marschierten wir erst einmal drauflos. Immer nach unten; wir werden einen Weg finden, war ihre Devise. Dieses blinde Vertrauen machte mir ein wenig Angst, hielt mich aber mit Kommentaren zurück und marschierte hinterher. Wer möchte sich schon einer entschlossenen Frau in den Weg stellen? Ich nicht. Nur mit einer Wasserflasche bewaffnet, starteten wir das Unternehmen „Abwärts" und nahmen gleich den erstbesten Trampelpfad, der augenscheinlich nach unten führte. Der Weg war steil und der ehemalige Asphalt, der den Weg zusammenhalten sollte, zeigte starke Abnutzungserscheinungen. Es ging wirklich „Abwärts". Mir kamen Zweifel, ob der Reiseführer tatsächlich diesen Weg meinte. Ich konnte mir nicht vorstellen, dass der Schreiberling hier tatsächlich entlanggewandert ist. Eigentlich war der Weg eine einzige Kraterlandschaft, in der der Restasphalt kleine Inseln im Löchermeer bildete und die bei Starkregen großzügig umspült wurden. In Anbetracht des schlechten Weges, musterte ich das gewählte Schuhwerk meiner Familie. Mein

Sohn und ich hatten uns für Turnschuhe entschieden. In meinen Augen unter den gegebenen Umständen eine gute Wahl. Der weibliche Teil der Familie hingegen setzte auf den Tragekomfort von Flip Flops. Der dezente Hinweis von mir, dass Flip Flops nicht unbedingt die beste Wahl für einen Marsch am Berg sind, wurde gepflegt ignoriert. Resignierend bezüglich des besseren Wissens der Damen, meinte ich mich plötzlich zu erinnern, gelesen zu haben, dass Reinhold Messner vor seiner Erstbesteigung des Mount Everest auch vor der Frage stand, Flip Flops oder Wanderschuhe, und sich nur aufgrund eines Werbedeals mit einem Wanderschuhhersteller, gegen die Flip Flops entschied. Alle unverbesserlich, stellte ich kopfschüttelnd fest und stellte mich schon auf das schlimmste Gejammer meiner Mädels auf dem Weg nach unten ein.

Erstaunlicherweise erreichten wir nach knapp elf Kilometern in sengender Hitze, nach einem steinigen und recht unwegsamen Abstieg, der alles andere als ein freundliches Wandern erlaubte, tatsächlich den Ort San Giulio. Laut Reiseführer hätte der Weg nur knapp 3 Kilometer sein sollen, was darauf schließen ließ, dass wir irgendetwas anders gemacht haben. Da hatten wir wohl einen guten Umweg gefunden. Widererwarten hat nicht einer aus der Familie unterwegs gejammert. Weder der Sohn, noch die Damen in ihren Flip Flops. Ich war ehrlich erstaunt, aber auch glücklich meine unterwegs geschmiedeten Notfallpläne im Falle eskalierender Fußprobleme vorerst vergessen zu können. Insofern musste ich eingestehen, dass die Mädels bei ihrer Schuhwahl wohl doch alles richtig gemacht hatten. Eine Erkenntnis, die mir ein wenig widerstrebte. Aber auch die Frage aufwarf, ob Reinhold Messner sich bei seiner Schuhwahl nicht doch vielleicht vertan hat.

Wir erreichten also tatsächlich den kleinen Ort San Giulio. Zumindest schon mal das Ortsschild. Eigentlich erreichten wir eine große Zufahrtsstraße mit angeschlossenem Parkplatz. Reisebusse und Autos drängelten sich laut hupend auf dem Gelände. Von dem eigentlich als ruhig und malerisch angekündigten Ort, war nichts zu sehen. Laut Reiseführer hätte es hier eigentlich anders aussehen sollen. Es fehlten ein wenig die Ruhe und auch das Malerische. Etwas ratlos standen wir in der Gegend herum und beobachteten unsicher das bunte Treiben. Es drängte sich uns der Verdacht auf, in einem Touristenzentrum gelandet zu sein.

Um nicht unnötig anderen im Wege zu stehen, schlossen wir uns erst einmal dem Strom der Busreisenden vom Parkplatz an. Wir gingen davon aus, dass die meisten Touristen wussten, wohin sie wollten. Irgendwo musste sich ja das Ruhige und Malerische verstecken. Erstaunlicherweise teilte sich der Strom der Reisenden immer wieder. Scheinbar wussten die doch nicht so genau, wo sie hinwollten.

Es wurde merklich ruhiger um uns herum, je weiter wir uns von dem Parkplatz entfernten. Wohin die Touristen entschwanden, konnte auch der Reiseführer nicht genau beantworten. Aber es sollte wohl noch mehr hier zu entdecken geben, als nur den kleinen Ort San Giulio. Aber das fanden wir erst viel später raus.

Die Gassen wurden enger, aber nicht voller. Die Touristengruppen, denen wir bis hierher gefolgt waren, hatten sich peu á peu vor uns aufgelöst, so dass nur noch eine überschaubare Anzahl weiterer Gäste mit uns durch die Gassen schritten. Irgendwann öffnete sich unerwartet die schmale Gasse zwischen den Häusern und vor uns lag eine Piazza die keine Wünsche offenließ. Ein sich zum See öffnender Platz legte den Blick frei auf die kleine vorgelagerte Insel Isola San Giulio. Wir befanden uns auf der angekündigten Piazza Motta. Ich glaube, damit hatte keiner von uns gerechnet. Dieser Anblick kam sehr unerwartet. Der Reiseführer untertrieb etwas und kündigte nur in einem Nebensatz die Piazza an, die er beiläufig als „nett" bezeichnete. „Phantastisch" hätte es eher getroffen. Für uns war der Platz ein wahr gewordener Traum und wir Blickten alle etwas ungläubig auf die uns gebotene Szenerie. Man kann getrost behaupten, dass wir gefesselt von dem Anblick waren und geraume Zeit etwas unkontrolliert in der Gegend rumstanden. So unkontrolliert, wie es Leute vor einem am Ende einer Rolltreppe tun, wenn sie nicht wissen wohin und einfach stehen bleiben. Wir outeten uns also mit unserem Stehenbleiben und unserem fassungslosen Blick unverkennbar als Neuankömmlinge.

In unseren Rücken standen in einem leicht geschwungenen Halbkreis, in alten Pastellfarben bemalte Mehrfamilienhäuser, die einen postkartentauglichen Hintergrund zauberten. Alle zierten lange Balkone mit schmiedeeisernen Balkongittern. Man sah ihnen ihr stattliches Alter durchaus an, aber umso mehr Charme versprühten sie und gaben dem Ganzen einen glaubwürdigen Rahmen. Unten, in den ebenerdigen Etagen, tummelten sich nebeneinander diverse Restaurants, die mit ihren Sonnenschirmen und den kleinen Tischen auf der Piazza zum Pausieren einluden. Dieser Platz hatte alles, was es an der Hamburger

Elbe nicht gibt. Üppige Blumenkübel, aus denen die Blüten in rauschenden Farben nur so heraus zu sprudeln schienen. Blumen, die mit ihrem Blütenduft die Luft schwängerten und die schattigen Parkbänke unter den Reihen von gleichmäßig gestutzten Bäumen, die die Promenade zum See hin säumten, in eine Wolke aus Lebensfreude hüllten. An der Elbe hingegen kommen die vorhandenen Blumen mit ihrem Duft nicht gegen den Hafen an. Es riecht immer nach Abgasen der unzähligen Fracht- und Fährschiffe. Hier in Orta spielten die Spatzen ihr wildes Spiel um die Füße der sitzenden Passanten, die ebenfalls die ausgesprochen angenehme Atmosphäre auf sich wirken ließen und aufmerksam die Szenerie um sich herum beobachteten. In Hamburg bleibt keine Zeit zum Entspannen. Hier muss man die Möwen beobachten und aufpassen, dass sie einem nicht das Fischbrötchen aus der Hand klauen.

Unter den Bäumen hindurch konnte man die vorgelagerte Insel San Giulio sehen und durch die Baumkronen, die, auf ihr thronende, Basilika erahnen. Das Wasser glitzerte in der Sonne und die Kapitäne der Wassertaxen warteten mit einer angenehmen Gelassenheit auf Kundschaft, während ihre Boote sanft am Anleger mit den Wellen schaukelten. Hier war alles anders und auch wirklich nichts hatte dieser Ort mit der Elbe und Hamburg gemeinsam. Weder gab es hier die dicken Pötte, noch die vielen Menschen, die sich bei gutem Wetter unten in Oevelgönne am Strand der Elbe drängen oder den ansonsten üblichen Regen, der sich gerne mit dem Wind der Nordsee verbündet und einem hart ins Gesicht schlägt. Alles Dinge, die ich grundsätzlich an Hamburg liebe, aber hier überhaupt nicht vermisste. Ich war hier in einer ganz anderen Welt. In einer Welt, in der mir alles fremd war, ich mich aber trotz dessen ausgesprochen wohlfühlte. Ein tolles Gefühl.

Ein gemütliches Treiben herrschte auf der Piazza. Eine Handvoll Touristen bevölkerte den Platz. Es wurde viel fotografiert, Andenken gekauft oder einfach dieses italienische Ambiente auf sich wirken gelassen. Ich war der festen Überzeugung - italienischer geht es nicht. Hier sah ich in meiner Fantasie Caterina Valente lachend über die Piazza tanzen, Vico Torriani hinterherlaufend, genauso, wie sie mit ihren Filmen in meiner Kindheit meine Vorstellung von dem sonnigen und fröhlichen Italien ins Hirn gebrannt hatten. Geht nicht Adriano Celentano gerade dort hinten über den Platz? Ich stand mitten in einem Reiseprospekt. Selbst die gern genutzte intensive Farbgebung in den Prospektbildern war vorhanden. Ein wunderschöner Flecken. Und trotzdem wirkte alles authentisch und wenig inszeniert. Nicht wie eine Touristenfalle oder eine geleckte Disneylandwelt. Selbst das leerstehende und etwas heruntergekommene Hotel am Eingang des Platzes fügte sich geschmeidig in das Gesamtbild ein. Ich sog die Atmosphäre der Piazza auf und versuchte alles um mich herum vollständig in mich aufzunehmen. Die Farben, die Gerüche, die Geräusche. Nichts störte diesen Moment. Kein penetranter Lavendelgeruch und nichts von einer chemischen Reinigung lag in der Luft. Das dachte sich vermutlich auch die ältere Dame auf einem der langen Balkone über den Restaurants, die in einer schattigen Ecke die Tageszeitung las und sich nicht von den umher wandernden Touristen stören ließ. Dieses Bild hatte einen Moment des absoluten Friedens. Und auch ich empfand nach den letzten zwei Tagen und vor allem den schwarzen Gedanken über eine vorzeitige Abreise am Vortag, eine angenehme Ruhe und einen langsam einkehrenden inneren Frieden. Wie schnell sich eine tiefgehende Unzufriedenheit in Wohlgefallen umkehren kann. Erstaunlich. Wirklich erstaunlich. Und scheinbar hatte sich nicht nur bei mir diese Ruhe eingenistet. Auch bei dem Rest der Familie war jetzt der italienische Urlaubsmodus eingelegt worden. Von einer vorzeitigen Abreise war nie wieder die Rede.

So viel Glückseligkeit machte hungrig und ich war der festen Überzeugung, dass ein Besuch in einem der an die Piazza angrenzenden Restaurants dem Ganzen noch ein bisschen mehr Glückseligkeit verpassen könnte. Ich war gewillt, alles dafür zu tun, dass die Familie sich hier wohlfühlt und ich war besonders gewillt, keine vorzeitige Abreise organisieren zu müssen. Ausgerechnet ich hatte mich bereits am ersten Tag in Italien verliebt. Auch der Rest der Familie war interessanterweise von der gesamten Atmosphäre gefangen genommen worden und fern jeglicher üblicher Verhaltensschemen. Meine Tochter bestellte sich gegen jede Regel plötzlich eine Pizza, obwohl sie sich eigentlich seit der offiziellen Verkündung des Reiseziels *Italien* auf Pasta freute. Bei meinem Sohn verhielt es sich genau umgekehrt. Und meine Frau, die normalerweise einen kühlen Weißwein bevorzugt, bestellte sich voller Überschwang einen Chianti, der in der mittlerweile tiefstehenden Sonne feuerrot auf dem Tisch leuchtete. Mit einer mich überkommenden Leichtigkeit stellte ich fest, dass jetzt doch alle hier in Italien gut angekommen sind. Ich atmete tief durch, hob das Glas und beschloss, den Urlaub jetzt an dieser Stelle beginnen zu lassen.

„Auf Bella Italia!" und wir stießen gemeinsam auf einen schönen Urlaub an.

Der heilige Franziskus

Noch etwa 465.000 Meter bis nach Hamburg

Das Baustellenende wurde angekündigt. Ein grüner Smiley verkündete lachend, dass es nur noch einen Kilometer zwischen den gelben Linien zu fahren gilt. Mit gestrichen 60 km/h schieben wir uns bedächtig in einer langsamen Karawane hintereinander her. Nichts passiert. Alle in eine Richtung, alle mit dem gleichen Ziel. Eine Pilgerfahrt zum Ende der Baustelle.

Dass bei all den Bussen, die täglich auf dem riesigen Parkplatz von San Giulio hielten, es trotz dessen nur so wenige Touristen auf der Piazza zu sehen gab, klärte sich erst Tage später nach einer eingehenderen Recherche auf. Eine Informationstafel am Rande des Parkplatzes half dabei. Und die sagte uns: Das Geheimnis liegt auf dem Berg. Mehr konnten wir vorerst nicht rausfinden. Aber tatsächlich, bei genauerer Beobachtung erkannten wir, die meisten Touristen pilgerten tatsächlich auf den Berg und nicht runter zum See oder in den eigentlichen Ort, der am Fuße des Hügels lag. Und das Wort „Pilgern" ist hier tatsächlich wörtlich zu nehmen.

Eines Tages erklommen auch wir - aus reiner Neugierde natürlich - und um weitere Recherchen über den Verbleib einiger Pilger anzustellen, den Monte San Giulio, der sich im Zentrum der kleinen Halbinsel erhob. Wir wollten auch wissen, wohin es die vielen Menschen aus den Bussen zog. Bisher war ich davon ausgegangen, dass es sich lediglich um einen bewaldeten Hügel handelte und nicht weiter touristisch erschlossen war. Eher ein Wald mit kleinen Wanderwegen und vielleicht einer Lichtung zum Pausieren. Meine Erwartungen waren also eher niedrig angesetzt. Aber man ist ja trotzdem neugierig. Mit Erstaunen stellten wir dann allerdings fest, dass der Hügel alles andere als nicht erschlossen war und sich hier oben eine großzügig angelegte Gedenkstätte für den heiligen Franziskus befand. Eine echte Pilgerstätte. Ein renommierter Wallfahrtsort, der viele Gläubige aus der ganzen Welt anzieht. Die Sacro Monte d´Orta. Wir waren ernsthaft überrascht, denn dafür war die Informationstafel am Fuße des Berges doch sehr sparsam mit Informationen umgegangen.

Schon beim Betreten des Parks merkte ich, dass dies ein besonderer Ort war. Ein Ort, an dem selbst nichtkatholische und weniger gläubige Menschen die spirituelle Aura sofort zu spüren bekommen. Wie ein Tuch legte sich die Atmosphäre aus Ruhe und Stille über mich und sorgte für ein Gefühl von fast beklemmender Ehrfurcht. Ein unangenehmes Gefühl, dass mir ein wenig die Luft zum Atmen nahm. Soviel Glaube und Kirche ist nicht so meine Welt. Das ganze andächtige Geschreite der anderen Touristen/Pilger/Neugierigen machte mir ein wenig Angst. Ich beugte mich aber dem Willen meiner Frau und den Wegweisern, den Weg des Franziskus in diesem parkähnlichen Gelände einmal nachzugehen. Reisen soll ja auch bilden, also verkniff ich mir jegliche Einwände.

Zwanzig Kapellen verteilen sich dezent in einem kultivierten Park- und Waldgelände unter und hinter den zahlreichen Bäumen. Die hohen Bäume schenkten an diesem Tag reichlich Schatten, was bei den herrschenden Temperaturen guttat und mir das Schreiten damit dann auch nicht so schwer machte. Zudem hatte ich als erste Information über Franziskus gelernt, dass er der Schutzpatron des Naturschutzes ist, und mir damit gleich sympathischer machte.

Wir passten uns den anderen Anwesenden an und schritten jetzt ebenfalls andächtig die zwanzig Kapellen nach einander ab. Der Rundgang entwickelte sich durchaus zu einem angenehmen

Nachmittagsspaziergang. Ich hatte mir in meiner Fantasie einen Wallfahrtsort immer etwas anders vorgestellt. Mehr als einen völlig überlaufenden Ort, an dem Wunder erwartet werden, wo Menschen hin pilgern und um ein Wunder bitten. Ein bisschen mehr Schlange stehen für ein Wunder. Aber hier war alles sehr ruhig und niemand flehte lautstark um ein Zeichen. Das spirituelle Aha-Erlebnis blieb bei mir letztendlich aus und um ein Wunder oder Heilung musste ich glücklicherweise auch nicht bitten. Mir ging es ja gut. Ich konnte sogar selbständig gehen. Und das taten wir auch.

Die in den einzelnen Kapellen dargestellten Lebensabschnitte des heiligen Franziskus zeigen seinen erstaunlichen Weg vom reichen Sohn eines Händlers aus Umbrien, der in seiner Jugend eher der Dekadenz nahestand, über die Findung seines Glaubens zu Gott, das Ablegen jeglicher Besitztümer, die Organisation einer Glaubensgemeinschaft, bis zur Heiligsprechung durch den Papst, zwei Jahre nach seinem Tod. Was in der katholischen Kirche durchaus nicht unumstritten war, da er bekanntlich dem Weg Jesu nachging und jeglichen Besitztümern dabei absprach. Was ein wenig gegen die Philosophie der Kirche sprach, die Besitztümern ja nicht ganz so vehement abgeneigt ist. In den Kapellen werden diese Szenen seines Lebens mit aufwendig gestalteten Holzfiguren und Wandmalereien nachgezeichnet. Manche wirkten etwas verstörend auf mich, da die naturalistischen Darstellungen und Figuren in dem dämmrigen Licht der Kapellen nahezu lebendig wirkten. Was aus handwerklicher Sicht aber gleichzeitig auch erstaunte, da die meisten Schnitzereien bereits aus dem 16. Jahrhundert stammten und sich erstaunlich gut für ihr Alter gehalten haben.

Und während wir über das Gelände schritten, wurde mir mit einem Schlage bewusst, dass ich mich hier in einem Epizentrum des Glaubens befand. Und das nicht nur hier auf diesem Berg, nicht nur in dieser Wallfahrtsstätte, sondern dass das Epizentrum die gesamte Region umfasste. Überall wurde man mit dem Glauben und der Kirche konfrontiert. Selbst am Abend wurde man nicht verschont. Dann schickte die Pilgerstätte der Madonna del Sasso, die sich auf der gegenüberliegenden Seeseite von uns befand, ihr gleißendes Licht über den gesamten See hinaus. Bis zu uns in die Wohnung in der Villa Verde in Miasino. Es war so grell, dass man nachts eigentlich nur ein sehr helles Licht im Berg sah, welches jegliche Konturen der eigentlichen Kapelle aufhob und im Schein verschwinden ließ. Als ob sie nachts eine Glaubensbestrahlung für die Umgebung vornimmt. Eine Bestrahlung der Gemeinde, damit auch keines der katholischen Schäfchen untreu wird. Ich fühlte mich ein wenig vom Glauben umzingelt. Ein Umstand, den ich etwas beengend fand.

Aber ich musste auch zugeben, dass der Blick von dem Monte über den See und auf die kleine Isola San Giulia außerordentlich reizvoll war und mich die Glaubensfrage schnell wieder vergessen ließ. Und ich musste zugeben, dass ich selten in meinem Leben an Orten gewesen bin, wo so viele Menschen, so still und andächtig nebeneinandergestanden haben, wie hier oben, auf dem Berg des heiligen Franziskus. Glaube hat also auch durchaus etwas Beruhigendes. Manchmal braucht es etwas, um solch eine Erkenntnis zu erlangen. Ruhe ist ja durchaus etwas Schönes und kann einem das Leben angenehmer gestalten. Man sollte sowieso mehr Ruhe in sein Leben bringen und alles etwas entspannter angehen. Wer aus einer Großstadt kommt, ist ja zwangsläufig immer und überall mit Hektik und aufgeregten Menschen zusammen. Da fällt es schwer selber Ruhe zu finden. Kleine Oasen. Schon seltsam, dass ich ausgerechnet hier solch eine Oase der Ruhe fand. Vielleicht sollte man den Hamburger Nahverkehr auch zu einer Wallfahrtsstätte ernennen. „Vorsicht an der Bahnsteigkante, die heilige Linie S1 fährt ein, bitte Ruhe!" Wenn hier auf dem Monte alle Besucher zur Ruhe kommen, warum dann nicht auch in der S-Bahn in Hamburg? Eine fahrende Oase der Ruhe. Es muss ja nicht gleich einer Weihrauchschwenkend durch die Wagons wandern. Aber die tägliche Fahrt zur Arbeit wäre deutlich erträglicher für mich.

Wir hatten viel über den langen Weg des Franz von Assisi, bis zu seiner Heiligsprechung als Franziskus, hier oben auf dem Berg erfahren. Besonders das Bekenntnis in Armut zu leben und Buße zu tun beindruckte. Und das gerade in Italien, wo die katholische Kirche nicht unbedingt gleich mit Armut in Verbindung gebracht wird. Die meisten katholischen Kirchen sprechen da ja eher eine andere Sprache. Aber so sind sie, die Katholiken. Sie verstecken gerne ihre Bescheidenheit unter dem güldenen Mantel des Prunks. Und so verließen wir wieder den Berg der Armut und der Buße, um am Fuße den Wohlstand der örtlichen Gastronomen zu mehren. Immerhin ist Franziskus auch der Schutzpatron der Kaufleute. Ein schönes Essen auf der Piazza von St. Giulio würde den Tag hier schon noch abrunden und ich den leichten Muff der Kapellen aus der Nase bekommen. Ein Chianti sollte mir dabei helfen.

Giro d'italia – ohne uns

Diese Tour von unserer Wohnung in Miasino den Berg zu Fuß hinab nach St. Giulio, auf diesem viel Aufmerksamkeit fordernden Weg, geschweige denn diesen wieder hinauf, hatten wir nur noch ein einziges Mal im weiteren Verlauf des Urlaubs unternommen. Es war doch ein schweißtreibender Weg, der auf Dauer für Unmut in der kleinen Reisegruppe sorgte. Flip Flops hin oder her. Der Weg war anstrengend und das lag nicht nur an dem schlechten Zustand des Weges. Wenn wir zu Fuß gingen, dann nahmen wir jetzt die Straße, die einen deutlich angenehmeren Laufkomfort bot. Ob der Abstieg oder doch der Aufstieg das schlimmere im Nachhinein war, vermag ich nicht endgültig zu sagen. Hinab bohrten sich die Fußzehen beim Abbremsen vorne in die Schuhspitzen und sorgte für ein stetes Gefühl umklappender Fußnägel und beim Aufstieg wurden der Spann und die Schienbeinmuskulatur so stark beansprucht, dass es auf Dauer für unangenehme Schmerzen in den Waden sorgte. Und so griffen wir doch lieber in vielen Fällen auf das Auto zurück.

Auch wenn sich der Lago d'Orta und Miasino auf dem letzten Faltenwurf der Alpen befinden, bevor es in die flachen Ebenen rund um den Fluss Po geht, sind die Steigungen nicht zu unterschätzen. Die Wege hier sind steil und das Auto mühte sich bei jedem Aufstieg redlich ab, die Straße vom See bis nach Miasino hoch zu bezwingen.

Schon sehr zeitig gratulierte ich mir in Anbetracht der steilen Zuwegung selbst, dem Auto den zusätzlichen Transport von vier Fahrrädern erspart zu haben. Wie langsam wären wir wohl mit den Fahrrädern auf dem Heckgepäckträger den Berg hinaufgeschlichen? Die Entscheidung war die Richtige gewesen, die Fahrräder im heimischen Keller stehenzulassen. Trotzdem ist es eigentlich ein Unding, dass ich ohne mein Fahrrad in den Urlaub gefahren bin. Sonst war mein Fahrrad immer dabei. Es gehört doch zu den schönsten Momenten im Urlaub, Landschaften und fremde Gegenden mit dem Fahrrad zu erfahren, zu erleben und auch Wege kennenzulernen, die man mit dem Auto oder zu Fuß vermutlich nie kennengelernt hätte. Ein Dänemark ohne Fahrrad ist eigentlich ein No-Go. Aber ich sah ein, dass ich hier nicht viel Fahrrad gefahren wäre und der Rest der Familie noch viel weniger. Nicht einmal vom Haus bis zum kleinen zentralen Marktplatz von Miasino, der nur Luftlinie 300 Meter entfernt lag.

Eigentlich halte ich mich für einen recht gut trainierten und konditionell passablen Fahrradfahrer. Ich hätte mir sogar einige Bergpassagen hier in Italien zugetraut, aber bei den meisten Anstiegen musste ich doch Trainingsrückstände einräumen. Und wenn mich der Berg nicht umgebracht hätte, dann wäre es spätestens die Hitze gewesen. Mit dieser Überzeugung, dass kein normaler Mensch sich solch eine Bergtour mit dem Fahrrad antut – außer natürlich die Profis, die auch den Giro d´Italia fahren oder die Tour de France – lenkte ich weiter mein altersschwaches Auto im erzwungenen Schleichgang den Berg hinauf. Doch kurz vor dem Ortsschild von Miasino sah ich tatsächlich einen Fahrradfahrer, der langsam den Berg hinauffuhr. Allerdings nicht viel langsamer als ich. Er wirkte trainiert. Er hatte das übliche hautenge Dress eines Profisportlers an und auch das Fahrrad wirkte nicht wie im nächsten Supermarkt gekauft. Ich zog im Geiste den Hut vor solch einer Leistung und zollte ihm Respekt. Beim vorsichtigen Überholen musste ich allerdings feststellen, dass es sich bei dem Herrn um eine Frau handelte. Jetzt war ich umso mehr beeindruckt. Die Fahrradfahrerin bildete das Schlusslicht einer kleinen Fahrradgruppe. Es waren noch zwei weitere Damen mit im Feld und vor allem ältere, grauhaarige Herren, die nicht mehr ganz so jung wirkten. Jetzt war ich geschockt. Das waren Endsechziger auf den Fahrrädern. Das war die Generation vor mir, die da auf Fahrrädern die Bergpässe hochfuhr. Das tat weh und kratzte an meinem Ego. Mein ganzes Gedankenmodell über die nicht Fahrbarkeit dieser Strecke brach wie ein Kartenhaus in sich zusammen und entpuppte sich als eine gnadenlose Selbstüberschätzung meinerseits.

Fahrradfahren in Dänemark ist doch etwas anderes, als hier in Italien, wie ich mir eingestehen musste. Die dänischen Alpen, mit ihrer maximalen Gipfelhöhe von 170 Metern über dem Meeresspiegel, können den italienischen Alpen nicht annährend das Wasser reichen. Allein der Ort Miasino liegt ja schon 479 Meter über Normalnull.

Am Abend, als ich alleine in dem kleinen Bad stand und den Kopf an dem Dachbalken vorbeistreckte, sah ich ein, dass es mit meiner Fitness doch nicht so gut bestellt war, wie ich das noch am Nachmittag angenommen hatte. Ich sah an mir hinab und konnte nur die beiden großen Zehen meiner Füße sehen. Wie schon zu Hause, bevor ich überhaupt davon wusste meinen Sommerurlaub in Italien zu verbringen. Nur die beiden Zehen, die mir zeigten, dass es da unten noch mehr gab, als nur den Boden. Alles andere verdeckte mein runder, pelziger Wohlstandsbauch.

Alles im Fluss

Die Fahrt ist dröge. Die Autobahn hat nicht so viel zu bieten, was sich lohnen würde tiefergehend in Augenschein genommen zu werden. Ich habe den Eindruck, je weiter wir uns von Italien entfernen, umso langweiliger wird die Autofahrt. Solche Ausblicke, wie in Italien oder der Schweiz aus dem fahrenden Auto heraus, sind auf deutschen Autobahnen leider Mangelware. Eine querende Brücke gehört da schon zu den aufregendsten Dingen, die man auf diesem Teil der Autobahn entdecken kann. Aber ich will nicht undankbar sein. Der Verkehr läuft und es sieht auch nicht danach aus, als ob sich das auf den nächsten Kilometern ändern sollte. Der Verkehr fließt hier wie ein langer ruhiger Fluss.

Eigentlich ist es doch erstaunlich, wie schnell man mit einem Auto in Windeseile drei Länder durchfahren kann. Eben waren wir noch auf der Straße am Ufer des Lago Maggiore in Richtung Schweizer Grenze unterwegs. Eine aufregende Straße, die für mich zu den schönsten zählt, die ich bisher kennen lernen durfte. Eine Straße, die sich wie ein graues Band oberhalb des Sees an die steilaufragenden Felsen drängt. Nach rechts hatte man noch vor wenigen Stunden den atemberaubenden Blick auf den See, der selbst bei dem in diesem Moment herrschenden Regen wunderschön da lag und einem zuflüsterte „bleib noch ein bisschen". Hier schien die bunte Blütenpracht selbst bei Regen zu leuchten. Je näher man der Schweiz kam, umso interessanter wurde auch die Architektur. Immer wieder sah man künstliche Parkdecks am rechten Straßenrand, die über den steilen Abgründen zu schweben schienen, die wie Balkone über den See ragten und dabei billige Kleinwagen von Bentley, Ferrari und Land Rover balancierten. Stellflächen für Autos, die zu nicht sichtbaren Häusern gehörten. Manchmal hatte sogar jemand die Frechheit einen Oldtimer dazwischen zu stellen. Da versperrte doch glatt jemand den freien Blick auf den See mit seinem alten Jaguar E-Typ. Unfassbar. Von diesen Plattformen gingen dann Fahrstuhlschächte zum Strand hinab. Links von der Straße deuteten nur einzelne, in den Felsen geschlagene Haustüren darauf hin, dass oberhalb der Straße noch kleine Berghütten mit 300 qm Wohnfläche aufwärts stehen mussten. Die Haustür war natürlich ebenfalls eine Fahrstuhltür. Nicht einmal Treppen können sich die armen Leute hier leisten. Je näher wir der Schweiz kamen, umso ärmlicher wurden die Autos und die Hütten. Die Orte Ascona und Locarno in der Schweiz sind ja für ihr ärmliches Auftreten bekannt. Ich musste lächeln. Ich sollte die Initiative „Brot für das Tessin" gründen. Nein, diese Straßenränder protzten nur so mit ihrem Reichtum und ich fragte mich, was für Jobs man haben muss, um sich solche Häuser und solche Autos leisten zu können. In einem war ich mir allerdings sicher. Ich wohl nie.

Aber wie schnell die Fahrt aus Italien bis in die Schweiz ging. Nach wenigen Stunden hatten wir bereits die Schweiz durchfahren, Österreich kurz angekratzt, den Bodensee links liegen sehen und letztendlich wieder Deutschland erreicht. Die Alpen nur noch im Rückspiegel erahnend. Und in wenigen Stunden würden wir in Hamburg vor der eigenen Haustür parken und wieder Zuhause sein. 1.200 Kilometer an einem Tag. Nur das Brummen des Motors würde noch einige weitere Stunden im Ohr bleiben. Aber bis dahin haben wir noch einiges an Kilometern vor uns, bis wir den Motor für längere Zeit abstellen können.

Ich musste an den Ausflug auf die vor San Giulio vorgelagerte Insel Isola San Giulio denken.

Mit einem kleinen Fährschiff, das nicht mehr als 15 Personen fassen konnte, waren wir von Orta auf die kleine, aber dicht bebaute Insel gefahren. Schon bei der Anfahrt über das Wasser waren wir beeindruckt. Die Architektur war hier wirklich groß. Solide und nach oben gebaut. Es wurde wahrlich jeder Zentimeter vollgebaut. Aus der Mitte erhebt sich, als imposanter Blickfang, eine stattliche Basilika, mit dem dazugehörigen Bischofspalast in den blauen Himmel Italiens. Glücklicherweise steht das Gebäude nicht einfach nur dort so rum. Es wird tatsächlich noch als Kloster genutzt und nicht nur für die Touristen in Stand gehalten. Die Basilika und ein Teil der angrenzenden Bauten gehören dem Benediktinerorden. Ein Umstand, der mich sofort an Umberto Ecos *Der Name der Rose* denken ließ und eher bedrückende Assoziationen hervorrief. Glaube, Mord, Intrigen und Geheimnisse. Die heilige Inquisition über allem. Das Malleus Maleficarum*,

*Buch des Dominikanermönchs Heinrich Kramer von 1487. Eine Anleitung zur Überführung und Verurteilung von Hexen und Andersgläubigen. Inklusive Legitimation durch den Papst. Ein beliebtes Werk der Inquisition.

den Hexenhammer, als Werk zur Legitimation der Hexenverfolgung und anderer Ungläubiger im Gepäck. Aber hier war alles ruhig und ein kleiner Teil der Basilika stand sogar den Touristen zur Besichtigung offen. Ich war nicht traurig darüber, dass wir nicht die Basilika besichtigen konnten. Der Dresscode sah vor, sich bedeckt in den heiligen Ort zu begeben. Lange Hose, langärmeliges Hemd und Kopfbedeckung. Wir hatten nichts von alledem dabei.

Mir war der Ort unheimlich und schon von außen betrachtet, erschlugen mich die wuchtigen Mauern, die schon einige Jahrhunderte auf dem Buckel hatten. Was hinter diesen Mauern alles geschehen ist, mochte ich mir gar nicht erst ausmalen. Ich erfreute mich lieber an dem guten Wetter und dem bisschen blauen Himmel, den ich über mir durch die mich umringenden Gebäude erhaschen konnte. Ich war wirklich umringt von weiteren großzügig gebauten Häusern, und selbst die am Ufer befindlichen Bootshäuser, standen an Größe und Imposants, den anderen Gebäuden in nichts nach. Und trotz dessen, präsentierte sich die Insel sehr grün. Eine üppige Natur hat sich zwischen den Gebäuden und in kleinen Gärten breit gemacht und sorgte für ein angenehmes Klima in den Gassen und für fantastische Farbtupfer.

Rundum diese monumentalen Bauwerke zieht sich ein kleiner Weg, der einen als enge Gasse an ehrwürdigen Herrenhäusern und Anwesen vorbeiführt. Wir folgten dem Weg und er dankte es uns mit einer kleinen Zeitreise. Die ersten Bauwerke der Insel stammen hier wohl aus dem 9. Jahrhundert und strahlen noch immer einen Glanz aus, als ob sie erst vor kurzem erbaut worden wären. Die Insel ist ein romanischer Traum. Die Häuser, die opulenten Gärten, die einen umgebende Ruhe. Auch der Reiseführer meiner Frau war wohl schon einmal hier und wusste einige Fakten über die Insel auszuplaudern. Und so erklärte er uns in blumigen Worten, dass es in der Vergangenheit nicht immer so ruhig auf dieser Insel war, wie jetzt. Die Bebauung der Insel war demnach wohl erst möglich geworden, nachdem der Grieche Julius - späterer Namensgeber der Insel - im vierten Jahrhundert die Insel von Drachen und Schlangen befreite und damit den Weg frei machte, hier ein Sahnestück der Immobilienbranche zu schaffen. Ja, so einen Julius sollte jeder haben. Und das mit dem Drachen verjagen klang doch auch ganz plausibel, dachte ich so für mich. Eigentlich sollte immer vor einem Bauvorhaben erst einmal ein Drachentöter durchgeschickt werden. Der Gedanke gefiel mir und ich beschloss, diese Anregung in Hamburg noch einmal aufzugreifen und einem befreundeten Architekten bei Gelegenheit vorzuschlagen. Vielleicht wäre das ja auch ein Job für mich. Ich könnte doch meinen langweiligen Bürojob aufgeben und eine Umschulung zum Drachentöter machen. Ob das Arbeitsamt da hilft? Muss man dafür studiert sein? Biologie vielleicht? Fragen über Fragen. Aber was für ein Job und was für eine beeindruckende Berufsbezeichnung. Eine tolle Vorstellung, wenn ich auf die Frage nach meiner beruflichen Tätigkeit einfach mit „Drachentöter" antworten könnte.

Es war ein herrlicher Spaziergang über die kleine Insel, der leider viel zu schnell wieder vorbei war. Selbst bei einer langsamen Gangart benötigt man nicht länger als eine halbe Stunde. Aber der Weg ist es wert, denn es herrscht wirklich Ruhe. Julius hat ganze Arbeit geleistet und keinen Drachen übersehen. Kein die Zeit überdauernder Drache, der die Idylle stört. Und an diese Ruhe denke ich jetzt und versuche das Brummen des Autos auszublenden. Eine echte Stille umgab uns auf dieser kleinen Insel. Nicht umsonst trug der Rundgang über die Insel den Namen *Weg der Stille*. Es gab keine Autos oder Mopeds. Man hörte auch keinen Rasenmäher. Man sah eigentlich noch nicht einmal Menschen, die für Unruhe hätten sorgen können. Der Name des Weges hielt sein Versprechen. Alle paar Meter hing ein Schild mit einer Weisheit, die einen auf den nächsten Metern, zumindest bis zum nächsten Schild, mit einer neuen Weisheit zum Nachdenken, Ruhefinden und eventuell sogar zu einem Moment der Meditation oder inneren Einkehr bringen sollte. Und es funktionierte. Die Familie ließ sich von der Ruhe und der Stille einlullen. Jeder hing seinen eigenen Gedanken nach. Nur bei den Kindern wirkte der Weg nicht ganz so beruhigend. Denen war langweilig und so rannten sie schon einmal vor. Aber zumindest leise. Diesen Teil der Botschaft hatten sie wenigstens empfangen.

Noch 399 Kilometer, widerspricht meine Frau

Die Autobahn ist doch kein langer und ruhiger Fluss, wie ich mit Schrecken feststellen musste. Ein zu lautes Motorrad, das an uns vorbei preschte und sein Dröhnen länger in den Ohren nachhallen ließ, als man die Maschine sehen konnte, riss mich in die Realität zurück. Die Autobahn ist ein deutsches Krisen- und manchmal auch Kriegsgebiet, durchzuckte es mich. Jetzt sind alle wach. Das Motorrad hatte ganze Arbeit geleistet. Zeit für einen Kaffee. Oder besser noch, einen Espresso ohne

Zucker mit Zucker. Die Lust auf ein koffeinhaltiges Warmgetränk war geweckt. So, wie ich es in diesem Urlaub in Mailand kennen und zu schätzen gelernt habe. Ich werde immer italienischer und in der Tradition italienischer Motorsportgrößen alla Alberto Ascari fuhr ich sportlich, vielleicht auch etwas zu sportlich, auf die Ausfahrt zur nächsten Raststätte, um auf dem völlig überfüllten Parkplatz noch einen Restplatz für unser Auto zu finden.

Der lange Weg nach Mailand

Ein Blick auf die Landkarte von Norditalien verriet, hier gab es viele sehenswerte Ziele. Es gehört nicht zu unseren Stärken, einfach irgendwo rumzusitzen und den Tag mit Nichtstun laufen zu lassen. Und so saßen wir morgens zusammen auf der Terrasse, bereits die Landkarte kurz nach dem Frühstück über den Tisch gebreitet, und überlegten, was für lohnende Sehenswürdigkeiten es in dem nördlichen Italien wohl zu besichtigen galt. Ich entdeckte beim Studium der Landkarte einen kleinen Punkt namens Monza und war sofort wie elektrisiert. Monza, ein Ort an dem Motorsportgeschichte geschrieben wurde.

Die Rennstrecke ist legendär und es gibt kaum eine Rennstrecke, die mehr für Motorsport steht, als die in Monza. Alfa, Ferrari, Maserati. Hier wurden die Erfolge gefeiert. Ich geriet angesichts dieser Feststellung, dass Monza in unmittelbarer Nähe zu unserem Feriendomizil lag, ein wenig ins schwelgen. Unvermittelt kam von der Seite ein Finger auf die Landkarte geflogen und landete in direkter Nachbarschaft von Monza auf der Stadt Mailand. Eine hektische Frauenstimme durchdrang meinen Traum aus rotem Autolack und plapperte, in einer fast ins hysterische kippender Tonlage - nahe am Falsett, „Schuhe. Da gibt es Schuhe!" Ich wurde aufs gröbste wieder zurück in die Welt der wahrlich wichtigen Dinge gezerrt. Zumindest zu den wichtigen Dingen in der Welt meiner Frau. „Schuhe. Ich will Schuhe!" hauchte sie jetzt mit heiserer Stimme und begann die Kilometer bis nach Mailand zu berechnen. „Das sind nur 80 Kilometer, das sind nur lächerliche 80 Kilometer bis nach Mailand!" Und während sie diese Worte stammelte, begann sie aufgeregt von einem Bein aufs andere zu hüpfen und strahlte mich erwartungsfroh dabei an. Etwas verunsichert musterte ich damals meine Frau, da ich die überschwängliche Euphorie nicht richtig einzuordnen wusste und mir unsicher wahr, was jetzt von mir genau erwartet wurde. Ich merkte nur, dass ich jetzt zwischen den Zeilen lesen und das Richtige herausinterpretieren musste. Was wollte meine Frau jetzt genau, war die Frage, die ich jetzt nach Möglichkeit richtig parieren sollte? Jetzt wurde ich hektisch. Sollte ich jetzt meine noch halbvolle Kaffeetasse auf den Tisch stellen, sie und die Kinder ins Auto laden und direkt nach Mailand losfahren oder hatte es auch noch einige Tage Zeit? Jetzt bloß nicht die falsche Antwort geben, dachte ich und überlegte fieberhaft. Ich versuchte durch eine diplomatische Fragestellung die richtige

Antwort herauszufinden und fragte zögerlich, ob es *nur* in Mailand Schuhe gäbe, beziehungsweise es *in* Mailand nur Schuhe gibt? Der Blick meiner Frau sagte mir, dass das die falsche Frage war und dass es natürlich *nur in* Mailand Schuhe gibt. Sonst nirgends. Nicht einmal in dem riesigen Schuh-Outlet-Center, in dem wir noch vor einigen Tagen, zwei Orte weiter, einen Zwischenstopp eingeschoben hatten. Der Laden war schon ein Erlebnis für sich gewesen. Zumindest für mich. So viele Schuhe an einem Ort hatte ich wirklich noch nie gesehen. Schuhe, Schuhe und Schuhe. Aber auch Handtaschen. Ich ging davon aus, dass das der Traum einer jeden Frau sein musste. Aber das war, wie ich jetzt merkte, bei der Aussicht auf Mailand wohl nur ein Appetithappen für zwischendurch gewesen. Ein netter Zeitvertreib. Mehr aber auch nicht. Monza und den Besuch der legendären Rennstrecke konnte ich mir wohl abschminken. Vielleicht hätte man einen kurzen Abstecher dorthin unternehmen können, dachte ich im Nachhinein. Aber die Damen der Familie wären vermutlich zu unruhig und desinteressiert gewesen, dass hätte mir dann auch keinen Spaß gemacht. Dabei hätte ich eigentlich gerne die legendäre Steilkurve besichtigt, in der zur damaligen Zeit schon unwahrscheinliche

Geschwindigkeiten erreicht wurden. Aber kann man solch einen geschichtsträchtigen Ort genießen, wenn sich ansonsten niemand aus der Familie dafür interessiert? Nein, bestimmt nicht. Und so gab ich einsichtig und selbstlos der Idee Monza einen Besuch abzustatten den Laufpass. Des lieben Friedens willen. Gegen Schuhe hat man(n) einfach keine Chance. Aber ich nahm es mit Humor. Mailand soll ja auch ganz schön sein. Mindestens so schön, wie beispielsweise Madrid oder ... ähm ... Venedig. Sagt man. Bei dem Gedanken stieg mir ein leichter süßlicher Geruch in die Nase. So, als ob gerade ein Müllwagen unter unserem Balkon entlang gefahren wäre.

Am nächsten Morgen war es denn auch soweit. Das Auto wurde für einen Tagesausflug nach Mailand gepackt. Es war wie immer heiß und schon beim Einsteigen ins Auto rollten die ersten Schweißperlen von der Stirn. Aber es waren alle durch die Bank gutgelaunt. Die freudige Erwartung bei den Damen war hoch, die Herren hielten sich mit ihrer Euphorie etwas zurück. Auch mein Sohn spürte, dass dieser Ausflug anstrengend werden könnte. Auch er war mit in dem Outlet für Schuhe vor ein paar Tagen gewesen und konnte nicht einmal ansatzweise die Begeisterung der Mädels teilen. Schon gar nicht die seiner Mutter, die im

Geiste schon ihren Schuhschrank zu Hause ausräumte, um Platz für die neuen Schuhe aus Mailand zu schaffen.

Die Fahrt führte über die den Lago d´Orta umgebende Bergkette und durch die nächsten Dörfer, in Richtung Strada, der mautpflichtigen Autobahn, die einen direkt in das Herz von Mailand bringen sollte. Doch bevor es soweit war, meldete auch unser Auto mit einer sehr weit nach links abgesackten Tanknadel unmissverständlich seine Ansprüche an, etwas dagegen zu tun und doch bitte seinen Durst zu stillen. Vor der Strada nach Mailand musste also noch eine Tankstelle gefunden werden. Wir waren noch mitten in den Bergen und ich konnte mich nicht daran erinnern, auf der Fahrt nach Turin, die wir bereits einige Tage zuvor unternommen hatten, eine Tankstelle an der Autobahn gesehen zu haben. Das Risiko wollte ich nicht unbedingt eingehen, irgendwo in Italien auf der Autobahn zu stranden. Der brennenden Sonne Italiens auf dem Seitenstreifen ausgesetzt. Nicht heute und schon gar nicht mit einer Frau an Bord, die Mailand entgegenfieberte. Ein Carnapping wäre nicht schlimmer gewesen. Ich musste kurz an die Frau mit der Turmfrisur aus dem silbernen Mercedes denken. Und an die Bedrohung, die von ihr hätte ausgehen können. Vielleicht trug sie ja tatsächlich eine Waffe in ihrer Turmfrisur? Ich wischte den Gedanken schnell wieder beiseite. Aber das mit dem Tanken gestaltete sich schwierig in den kleinen Bergdörfern und das Navi kündigte immer häufiger die näher rückende Autobahn an. Ich wurde immer nervöser. Weit und breit gab es keine Tankstellen. Panik stieg langsam in mir auf und erst in dem vorletzten Örtchen vor der Strada, fanden wir eine Tankstelle mit angeschlossener Werkstatt. Die Last, die mir in diesem Moment vom Herzen fiel, hätte den gesamten Lago d´Orta ausfüllen können. Ich atmete erleichtert durch, als ich mit der Zapfpistole den Durst des Autos stillen konnte. Ich sah mich jetzt zum ersten Mal um, wo ich mich denn hier überhaupt befand. Ich war so auf die entdeckte Tankstelle und die davorstehende Zapfsäule fokussiert gewesen, dass mir alles andere egal war. Der Tunnelblick eines benzinarmen Mailandbesuchers mit Frau an Bord. Die Tankstelle wirkte urig und wie aus einer anderen Zeit. Es fehlten eigentlich nur die drei Dorfältesten auf einer Holzbank davor, die das Geschehen auf der Straße kommentieren, über das Leben philosophieren und sich dabei den lieben langen Tag streiten und beschimpfen. Nur wenn eine schöne Frau vorbeikommt, sich einig sind und ihr wie junge Gigolos hinterher pfeifen. Nur zahnloser. Es gab ansonsten hier noch die üblichen anderen Eckpfeiler eines kleinen katholischen Bergdorfes zu finden. Kirche, Friedhof, Madonnenschrein. Und auch hier lag eine typische Ruhe über dem Ganzen. Es war keine Menschenseele zu sehen. Aber es war auch egal. Ich war einfach nur glücklich eine Tankstelle noch vor der Autobahn gefunden zu haben. Ich musste trotz der angerosteten und altertümlichen Zapfsäulen nicht einmal per Hand das Benzin pumpen. Alles tutto bene in Italien.

Nachdem auch das Auto glücklich war und einen kleinen Rülps von sich gegeben hatte, fand ich in der Werkstatt dann auch das erste Leben. Das erste lebendige Wesen seitdem wir in diesem Dorf pausierten. Der ältere Herr, der auch durchaus als einer der nicht vorhandenen Dorfältesten auf der Bank vor der Tür hätte durchgehen können, kassierte mich ohne viele Worte ab. Das von mir gefürchtete mit den Händen sprechen, lag dem Herrn fern und auch ansonsten hielten sich die meisten Italiener mit der ihnen nachgesagten überbordenden Gestik erstaunlich zurück. Zumindest die, mit denen ich bisher hier im Urlaub Kontakt hatte. Ich stellte mir auch langsam die Frage, ob die Fuchtelei mit den Händen nur bei italienischen Kellnern in Deutschland so eine Masche ist. Nur für die Gäste, um italienisches Flair zu verbreiten, Klischees zu bedienen oder es sich schlicht um eine Erbkrankheit italienischstämmiger Kellner handelt. Vielleicht ist Norditalien aber auch einfach zurückhaltender als der Süden, überlegte ich noch, während ich dem schleppenden Gang des Mannes zu seiner Registrierkasse aus dem letzten Jahrhundert folgte. Vielleicht verhält es sich hier so, wie in Deutschland. Da wird den Norddeutschen ja auch eine gewisse Maulfaulheit nachgesagt und dem Süden eine etwas größere Offenheit gegenüber Fremden. Aber es blieb mir dann doch nicht genügend Zeit über diese These tiefergehend nachzudenken. Mein kleiner Tankstellenbesitzer kam schneller zurück als erwartet. Die Rechnung war enorm und widersprach dem ganzen rustikalen Auftreten der Tankstelle. Eigentlich hatte ich hier die Benzinpreise von 1970 erwartet. Aber stattdessen lag der Preis für den Liter Benzin schon weit in der Zukunft und wies den zu erwartenden Preis in etwa 10 Jahren aus. Satte 40 Cent über dem, den ich noch vor einigen Tagen in einem anderen Ort bezahlen durfte. Man sollte sich von dem rustikalen Auftreten einer Tankstelle nicht blenden lassen, lernte ich. Manchmal sind sie doch ihrer Zeit voraus. Manchmal sogar sehr weit. Aber was sollte ich machen? Erstens hatte ich bereits getankt und wollte das Benzin nicht wieder rauspumpen und zweitens, sollte ich das Risiko eingehen, keine Tankstelle mehr vor der Autobahn zu finden? Nicht den Weg nach Mailand zu schaffen? Nein, so wahnsinnig bin ich nicht. Im Auto saß eine Frau, die bereits in ihrer Fantasie den halben Kleiderschrank ausgemistet hat. Mailand ist eine Modemetropole aller erster Güte. Würde das Unternehmen jetzt hier scheitern - ich hätte eine gebrochene Frau für den Rest des Urlaubs an meiner Seite. Was sind da schon 24,00 EURO mehr für eine Tankfüllung, wenn man damit einen Urlaub retten kann.

Ohne eine Miene zu verziehen, zahlte ich anstandslos den horrenden Preis, setzte mich beruhigt wieder ins Auto und startete den Motor. 1 zu 0 für die norditalienische Benzinmafia. Ob auf dem Weg nach Mailand viele männliche Touristen unter den wachsamen Augen der Ehefrau an dieser Tankstelle vorsichtshalber noch einmal tanken? Der vielleicht letzten Tankstelle vor Mailand? Der Goldgrube, die sich aus Angebot und Nachfrage speist? Eine Überlegung, mit der ich versuchte den Preis in irgendeiner Form zu rechtfertigen und mir und all den anderen Deppen, die vor mir schon hier waren, eine Absolution zu erteilen.

Über Tankstellen und deren unterschiedlichen Preisgestaltungen konnte uns der Reiseführer nichts sagen. Schade, hätte mich mal interessiert.

Vielleicht ist gerade unser Reiseführer mit der Bahn durch Italien gefahren.

Dafür konnten wir aber aus ihm entnehmen, dass man Mailand nur mit einer kostenpflichtigen Eco-Plakette befahren darf. Wo es diese zukaufen gäbe, konnte er abschließend allerdings auch nicht beantworten. Auch nicht, was diese in etwa kosten sollte. Aber etwas anderes konnte er. Er gab Tipps, diese Plakette zu umgehen.

Der Reiseführer schlug vor, etwas außerhalb des Stadtkerns, an einer der Bahnstationen zu parken, und mit den öffentlichen Verkehrsmitteln in die Stadt zu fahren. Unser Reiseführer ist also wirklich Bahnfahrer. Eine super Idee. Dafür hätte es nicht einmal einen Reiseführer gebraucht. Eine Idee, auf die vermutlich jeder kommt, der eine Stadt besuchen will. Aber er nannte zumindest eine Anschrift, mit der man sein Navigationsgerät füttern konnte. Eine Anschrift, an der wir einen großen Parkplatz und eine Bahnstation finden sollten. Das war zur Ideenunterstützung hilfreich und so, da waren wir uns alle einig im Auto, sollte es denn auch nach dem Willen des Reiseführers geschehen. Nach diesem kostspieligen Tankstopp in den Bergen von Norditalien, konnte es nicht schaden, mal einen EURO zu sparen.

Das Navi sah das anders. Es fand zwar die eingegebene Adresse, aber nicht den versprochenen Parkplatz. Leider fanden auch wir mit dem altbewährten *Acht-Augen-sehen-mehr-Verfahren* diesen angekündigten Parkplatz nicht und so nährten wir uns immer noch im eigenen Auto sitzend, unaufhaltsam dem Zentrum von Mailand. Ohne weitere Aussicht auf einen gediegenen Parkplatz oder ein verträumtes Parkhaus. Alle folgenden Parkplätze und Parkhäuser verkündeten stolz, dass sie voll belegt sind. Der Verkehr wurde dichter und mittlerweile wurde auch der Mailänder Dom von zahlreichen Straßenschildern immer häufiger angekündigt. Es dauerte nicht lange und wir erreichten das Zentrum von Mailand. Ohne gültige Eco-Plakette. Dieser Umstand brachte mich ein wenig aus dem Gleichgewicht und ich geriet zusehends mehr ins Schwitzen. „Was ist, wenn uns jetzt die Carabinieri anhalten und wir Strafe zahlen müssen?", fragte ich sichtlich angespannt meine Frau. Ich musste an die Betonfüße und das dazugehörige Bad im See denken. Die Schweißflecke unter meinen Armen wurden größer und es fehlt nicht mehr viel, dass es zu einer Vereinigung beider Flecken auf meiner Brust gekommen wäre. Eine wirkliche Antwort wusste meine Frau nicht auf diese Frage und auch der

Reiseführer schwieg sich über die passende Antwort mal wieder aus. Aber meine Frau wäre nicht meine Frau, wenn sie nicht gleich eine passende Lösung zur Hand gehabt hätte. „Solange wir nicht angehalten werden, ist doch alles in Ordnung. Wir suchen einfach erst einmal weiter!" Und kurz nachdem sie diese beruhigenden Worte ausgesprochen hatte, zeigte sie aus dem Fenster auf das Hinweisschild, welches zu einem Parkhaus wies. „Da, das ist unsere Problemlösung. Wir parken dort und fragen gleichzeitig nach der Eco-Plakette. Irgendjemand wird uns da bestimmt weiterhelfen können." Ungläubig starrte ich weiter über das Lenkrad in den Straßenverkehr, während meine Frau zum großen Finale ausholte. „Die haben doch jeden Tag mit solchen Touristen, wie uns zu tun!" rief sie zuversichtlich.

Ich: „Woher willst Du wissen, dass da noch ein Parkplatz frei ist? Die anderen Parkhäuser waren doch auch komplett ausgebucht und das hat hier nicht einmal eine Digitalanzeige außen"

Sie: „So ein Gefühl"

Ich: „So ein Gefühl?"

Sie: „So ein Gefühl. So ein Frauengefühl. Das verstehst Du nicht!"

Ich steuerte auf die Einfahrt des Parkhauses zu und hoffte inständig, dass mit dem Gefühl meiner Frau alles in Ordnung ist und wirklich genügend andere hilflose Touristen vor uns schon hier waren.

Der Parkwächter wies uns nicht gleich ab, sondern gab Zeichen durch die Einfahrt zum Parkhaus weiterzufahren und an der geschlossenen Schranke zu halten. Hier wartete bereits ein weiterer Angestellter, der anbot das Auto zu übernehmen und im Parkhaus zu parken. So viel verstand ich, auch ohne Italienisch sprechen zu können. Ich war schockiert und starrte den freundlichen Mann an, als ob er mir gerade einen Heiratsantrag gemacht hätte. Ich merkte, dass ich viel starre seitdem ich in Mailand bin. Die Zeit bis zu meiner Entscheidung, was jetzt passieren sollte, überbrückte der gute Mann mit einem kennenden Lächeln. Er hat vermutlich täglich mit solchen hilflosen Personen wie uns zutun und kennt die Wartezeit bis zur abschließenden Verarbeitung der Informationsfülle in den Hirnwindungen der überforderten Touristen. Bei mir dauerte es noch ein wenig. War ich gewillt mein Auto abzugeben? An jemanden, den ich nicht kenne? In Mailand? Hat er eben auf mein Hinterrad geguckt? Mein Blick fiel auf den Reiseführer in der Hand meiner Frau. Nein, nein, nein. Das kam ja gar nicht in Frage. Ich wollte hier nicht stranden und am Ende ohne Auto dastehen. Ich lehnte das Angebot freundlich, aber bestimmt ab und ließ den verdutzten jungen Mann stehen. Da fahre ich doch lieber selbst in das Parkhaus und suche mir einen Platz. Ich glaube, im Grunde hatte ich keine Angst um unser Auto, ich wollte nur nicht, wie mein Vater damals in Venedig, unser Auto später suchen müssen.

Schon nach der ersten Kurve ärgerte ich mich über meine Vorurteile. Warum sollte jemand diese alte Mähre klauen? Macht doch gar keinen Sinn. Warum sollte jemand ausgerechnet dieses Auto klauen und sich damit belasten? Mit der maroden Klimaanlage hätte er hier auf lange Sicht keinen Spaß. Aber irgendwie war ich trotzdem froh, das Auto nicht aus der Hand gegeben zu haben. Es sah von innen alles andere als aufgeräumt aus. Die Spuren der gesamten Reise waren in Form von leeren Kekspackungen, deren Krümel und anderen Dingen deutlich sichtbar und ein Duftbaum hätte auch gutgetan. Ehrlich gesagt schämte ich mich in diesem Moment etwas für unser Auto und es wäre mir wirklich peinlich gewesen, diesen fahrenden Wertstoffsammelcontainer an jemanden zu übergeben. Nicht einmal in Italien, wo mich keiner kennt.

Aber mit jeder Etage, die wir uns weiter nach oben schraubten, schwanden die Hoffnungen auf einen freien Parkplatz. Ganz oben angekommen, bot sich uns dann auch das totale Verkehrschaos. Hier ging nichts mehr. Autos über Autos. Das deutsche Ideal eines aufgeräumten und organisierten Parkplatzes sah anders aus. Ich musste mich binnen weniger Sekunden von meiner Vorstellung verabschieden, wie ein aufgeräumtes Parkhaus auszusehen hat. Kein Parkplatz weit und breit. Keine Lücke zwischen zwei weißen Linien, in die man entspannt hätte einfahren können. Mit genügend Platz an den Seiten zum bequemen Aussteigen. Nichts dergleichen. Hier standen die Autos dicht an dicht. Keine Packung Spagetti passte zwischen die einzelnen Fahrzeuge. Das für Ordnung sorgende Liniensystem auf dem Asphalt hatte jegliche Bedeutung verloren. Es wurde schlicht seinen Aufgaben enthoben und ignoriert. Es gab keine Parkbuchten mehr. Jetzt ging mir langsam auf, warum der junge Mann unten an der Einfahrt gerne unser Auto selber abgestellt hätte. Es wurde jeder Zentimeter in diesem Parkhaus nach dem Tretis-Prinzip genutzt. Oder wie in dem Spiel „Rushhour", in dem man versucht mit geschicktem Umparken eine Gasse zu bilden, um das eigene Auto rausfahren zu können. Dieses eigenwillige Parksystem erklärte auch das Fehlen einer digitalen Anzeige außerhalb des Parkhauses. Wonach hätte sie auch zählen sollen? Es stand ja niemand in den vorgesehenen Parkbuchten. Die Schweißflecke unter meinen Armen vereinigten sich freudig auf meiner Brust. Aber das Glück des Dummen war auf meiner Seite. Auf der Fahrt wieder nach unten verließ vor uns ein großer SUV eine kleine Parklücke.

Wir hatten einen Parkplatz, sogar zwischen zwei ehemals weißen Linien. Eine echte offizielle Parkbucht. Ich konnte mein Glück kaum fassen. So gefiel es meiner kleinen Bürokratenseele. Ordnung muss sein. Wieder einmal hatte ich ein Problem als angehender Weltmann gelöst. Und noch viel besser, ich konnte mit gutem Gewissen den Wagen stehen lassen. In einer offiziellen Parkbucht, zwischen zwei weißen Linien. Da konnte ich meine Herkunft einfach nicht leugnen und musste dem Klischee des ordnungsliebenden Deutschen nachkommen.

Und es wurde noch besser. Unten am Eingang des Parkhauses löste sich auch noch fast wie von selbst das Eco-Plaketten-Problem. Die Plaketten konnte man hier ganz einfach und bequem kaufen. Ich fühlte mich mittlerweile unschlagbar. Ein Problemlöser. Ein Macher. Ein bisschen, wie der König der Welt. Der Parkhausangestellte half selbstlos, vielleicht etwas irritiert von meinem aufgesetzten *Ich-kann-alles-Lächeln*, und das, obwohl wir nicht die gleiche Sprache sprachen. Weltmänner verstehen sich eben auch so. Der gute Mann sprach weder Deutsch noch Englisch und ich kein Italienisch. Aber ein von mir auf Italienisch eingeworfenes „Eco-Plakette" verstand er sofort und ebnete den Weg für eine herzliche Konversation. Ein Schwall Italienisch ging auf mich nieder, was ich als „bezahlen und Handynummer, bitte" interpretierte. Ich lächelte weiter. Der Mann in seinem Glaskasten hackte alle von mir genannten Informationen auf seiner mit öligen Fingerabdrücken verzierten, ehemals grauen Tastatur in seinen Computer ein und erklärte, warum er die Telefonnummer so dringend brauchte. Glaubte ich zumindest. Ich hatte in meiner Überheblichkeit ernsthaft das Gefühl, den Mann verstanden zu haben. Wir waren jetzt Brüder. Nur die Einladung zum Kennenlernen der Familie stand noch aus.

Nach etwa 10 Minuten hatte ich alles, was es brauchte, um Mailand zu erobern. Einen Parkplatz, eine ECO-Plakette und ölig-schwarze Finger vom Händeschütteln. Jetzt mussten wir nur noch Schuhe finden.

Endlich standen wir vor dem Parkhaus. Eine enge Querstraße empfing uns, die augenscheinlich auf den Müllwagen wartete. Überall stapelten sich abholbereite Müllsäcke. Willkommen in Mailand.

Meine Frau versuchte auf dem im Reiseführer vorhandenen Stadtplan eine erste Orientierung zu finden. Zur Unterstützung gingen wir dabei schon mal langsam bis zur nächsten Straßenecke. Nicht nur um anhand eines Straßenschildes eine Standortbestimmung vornehmen zu können, sondern auch, um den unangenehmen Geruch der unzähligen Müllsäcke nicht mehr als nötig selber anzunehmen. Mailand sollte schließlich kein zweites Venedig für mich werden.

Manchmal lösen sich Probleme auch wie von selbst, wenn man von seinem Standpunkt einfach nur einige wenige Meter mal abweicht. Und siehe da, schon hatte sich das Problem mit der Orientierung auch noch wie von selbst gelöst. Wir standen jetzt am Rande eines großen Platzes, mit freiem Blick auf den Mailänder Dom. Hinter uns die Müllsäcke, vor uns der wunderschöne, im weißen Marmorkleid strahlende Dom. Ein interessanter Kontrast, der unterschiedlicher nicht hätte sein können und die Stadt Mailand jetzt schon als eine facettenreiche Metropole ankündigte. Wer rechnet schon damit, aus einem engen Parkhaus zu treten und plötzlich vor solch einem beeindruckenden Bauwerk zu stehen? Wir hatten wohl durch Zufall, und grenzenloser Hilflosigkeit, das zentralste Parkhaus der Stadt angefahren. Ich gratulierte mir mal wieder selbst zu meinem weltmännischen Geschick. Allerdings drängte sich mir auch eine Frage auf. Was kostet wohl so eine Stunde parken in dem zentralsten Parkhaus von Mailand? Dieses kleine feine Detail hatte keiner von uns Vieren beachtet. Aber es war mir auch egal. Wer teuer tanken kann, kann auch teuer parken. Ich war froh, jetzt genau hier stehen zu können. Die Welt kann es nicht kosten und den italienischen Staatshaushalt werde ich wohl auch nicht mit den Parkkosten sanieren müssen. Ich beruhigte mich damit, dass es nicht teurer als Falschparken in Kopenhagen sein kann. Da hatte ich mal für eine Stunde versehentliches Falschparken über 70 EURO bezahlt.

Mailänder Espresso

398 Kilometer und wir sind zu Hause

Mein Ziel, auf dieser öden Autobahnraststätte, irgendwo in Deutschland, einen Espresso nach italienischem Vorbild, mit dem gleichen Flair wie in Mailand, Turin oder einfach wie am schattigen Ufer des Lago d'Orta zu bekommen, hatte ich weit verfehlt. Ich sah in meine Tasse mit dem dünnen Kaffee und rührte etwas enttäuscht in dem braunen Etwas herum. Nein, da war nichts Italienisches zu finden. Egal, wie viel ich rührte.

Erschöpft ließen wir uns nach einem langen Tag in einem kleinen Straßencafé auf die Stühle fallen. Mailand ist doch größer als erwartet. Und das, bei der Hitze. Aber wir konnten behaupten, einiges an Sehenswürdigkeiten abgeklappert zu haben. Die vor Stuck strotzende Einkaufspassage Galerie Vittorio Emanuele II beispielsweise, unweit des Doms, die von innen eher einer Kathedrale gleicht und dem kleinen Touristen unmissverständlich klarmacht „willst Du was kaufen, brauchst Du einen Kleinkredit oder die platinfarbene Kreditkarte!" Nicht umsonst als der Salon Mailands bezeichnet. In feinstem Jungendstil gehalten. Auch in der kleinen Ladenpassage, in der unteranderem Tiffanys zu finden ist, sagen einem böse Blicke der Türsteher, wie weit man sich einem Schaufenster als einfacher Tourist in kurzen Hosen, Flip Flops und Schweißrändern unter den Armen, näheren darf. Und dann gab es da noch die quirlige Markthalle, wo wir einen kleinen Nachmittagsimbiss zu uns nahmen, die Marktatmosphäre, die kühle Luft genossen und versuchten Kraft für den uns noch bevorstehenden Sightseeing-Endspurt zu sammeln. Dass wir später bei dem Versuch Mailand wieder zu verlassen, noch diverse Male diese Halle umrunden sollten, wussten wir da noch nicht. Das war ein Gimmick, den sich unser Navi noch für die Abfahrt aus Mailand aufsparen wollte. Die sternförmig abgehenden Straßen überforderten das Navi und es wusste nichts mit den zwölf möglichen Ausfahrten anzufangen. Als kleine Nickligkeit verweigerte es daraufhin alle weiteren Auskünfte.

Aber vorher trieb es uns zu Fuß weiter durch die Stadt, die nicht mit sehenswerten Örtlichkeiten geizte. Wir passierten die Mailänder Scala, ohne einer kleinen Operngala beizuwohnen. Man sagte mir, Frau Callas gibt keine Konzerte mehr. Wir sahen deshalb von einem Besuch ab und flanierten nur an ihr vorbei. Aber selbst im Vorbeigehen erfüllte mich dieser Ort mit Ehrfurcht. Ich konnte fast den Atem großer vergangener Operninszenierungen auf der Haut spüren. Die Dramatik einer Verdi-Oper durch die dicken Mauern der Scala sickern hören. Dieser Ort hat eine Aura, die ich schon von weitem spürte. Was eventuell damit zu tun hat, dass es für mich keinen Ort gibt, den ich mit Oper mehr in Verbindung bringe als die Scala.

In Mailand gibt es viel zu sehen, entdecken und aufsaugen. Es ist eine bemerkenswert schöne Stadt. Hinter jeder Straßenecke erwarteten uns immer wieder neue Eindrücke, neue Sehenswürdigkeiten, neue bauliche Wunderbarkeiten. Und die Stadt präsentierte sich erstaunlich sauber und aufgeräumt. Wenn man von unserer kleinen Straße mit den Müllsäcken beim Parkhaus einmal absieht. Vielleicht die Nachwehen der hier neulich abgehaltenen EXPO. Traditionell putzt man sich ja noch einmal zu solch einem Anlass extra schön heraus, wenn die Welt zu Gast ist.

Als krönenden Abschluss unseres Stadtrundgangs landeten wir schließlich wieder beim Dom. Hier begann unser Rundgang und hier sollte er auch wieder enden. Obwohl wir ja bereits den Dom kannten, standen wir wieder ergriffen vor diesem monumentalen Bauwerk und ließen ihn auf uns wirken. Ein beeindruckendes Bild. Die katholische Kirche hat da nicht gegeizt. Zumindest muss man anerkennen, dass sich die Kirche wirklich Mühe gegeben hat, etwas außerordentlich Schönes in die Landschaft zu stellen.

Ich musste, während ich in der Raststätte immer noch in meinem bitteren Filterkaffee rumrührte, an die vielen Selfiestickverkäufer denken, die vor dem Dom auf kaufwillige Touristen warteten. Die standen ja nicht umsonst dort herum. Der Dom wollte einfach fotografiert werden. Wer kein Bedürfnis verspürt ein Bild vom Mailänder Dom zu schießen, dem ist auch nicht mehr zu helfen. Ich musste lächeln bei dem Gedanken an unsere erste unbeholfene Querung des Domplatzes. Wir armen Touristen wurden alle fünf Meter von einem neuen Verkäufer angesprochen, manchmal regelrecht belagert und auf unterschiedlichste Weisen zum Kaufen animiert. Aber das Konzept scheint sich zu rentieren. Bis wir den Platz verlassen und die Ladenpassage Galerie Vittorio Emanuele II an der Seite des Doms erreicht hatten, wurden wir bestimmt von 15 verschiedenen Verkäufern angesprochen. Aber wir blieben standhaft und verweigerten uns dem reichhaltigen Angebot. Und das, wo ich immer so schlecht „Nein" sagen kann. Ein Hauch von Stolz machte sich in mir breit. Immerhin habe ich nicht mit 15 Selfiesticks im Arm den Domplatz verlassen.

Aber viele andere Touristen waren weniger standhaft. Einen Vater konnte ich beobachten, der umringt von seinen fünf Kindern bei einem der Verkäufer stand. Die Kinder redeten solange auf ihren armen Vater ein, bis er resignierend sein Portemonnaie zückte. Kaum hatte er so seine Zustimmung gegeben, wendeten sich die Kinder dem Verkäufer zu, belagerten jetzt ihn und zerrten wie wild an seinen Sticks im Arm. Der Verkäufer hatte sichtlich Mühe sich der Meute zu erwehren. Jedes der Kinder wollte natürlich seine Wunschfarbe haben. An diesem Tag lief das Geschäft für den Verkäufer, denn jedes der Kinder bekam einen eigenen Selfiestick. Und so ergeht es wohl vielen Touristen, die das Tagewerk dieser vielen kleinen wuseligen Verkäufer finanzieren. So schlecht scheinen die Geschäfte für die Straßenverkäufer also nicht zu laufen, denn auch an anderen Stellen in dieser Stadt lauerten einem diese Händler auf und versuchten ihre Waren an uns hilflose Passanten zu bringen.

Hat man sich erst einmal der vielen kleinen Einzelhändler kurzzeitig entledigt und findet die

Zeit einen genaueren Blick auf den Dom zu werfen, dann merkt man schnell, dass es ein wahrlich beeindruckendes Bauwerk ist. Ich stand vis á vis mit dem Dom und staunte, glotzte und vielleicht starrte ich auch einfach mal wieder. Eigentlich stand ich vor diesem einmaligen Gebäude und wusste nicht so recht, wo ich zuerst hinsehen sollte. Überall Türmchen, Fenster, Schnörkel. Das Auge fand keinen festen Punkt zum Fixieren. Kaum ruhte es auf einer Turmspitze, wurde es durch eine Heiligenfigur am angrenzenden Sims schon wieder abgelenkt und zum nächsten Strebebogen weitergereicht. Ein riesiges Wimmelbild in strahlend weißem Marmor.

Ich hätte mir gerne dieses prunkvolle Bild des strahlenden Doms im Kopf erhalten, doch leider hatte meine Frau bereits wieder ihren Reiseführer zur Hand und verkündete Wissenswertes, welches wohl eher unter der Kategorie `unnützes Wissen zum Angeben in heimischer Gesellschaft´ geführt werden sollte. Wo Licht ist, ist auch Schatten, wusste der Reiseführer zu berichten. Man muss hinter die polierte Fassade und den Glanz blicken, um dort nach weniger wissenswerten Details zu graben und die Schattenseiten dieses Sakralbaus zu finden. Und das tat unser Reiseführer. Er konnte den Dom nicht einfach in seiner Pracht so stehenlassen. Ich hatte sogar das Gefühl, dass es dem Reiseführer ein Bedürfnis war, die Schattenseiten aufzuzeigen. Und ich konnte mich dabei auch nicht des Eindrucks erwehren, dass der Schreiber dieser erklärenden Zeilen an dieser Stelle seine ansonsten objektive Berichterstattung verließ, um mit einem Hauch von Ironie, genüsslich unter das Marmorkleid des Doms zu blicken. Vielleicht wollte er aber auch nur ein wenig klugscheißen.

So schön der Dom auch von außen ist, der Kern des Baus ist aus schlichtem Backstein, wie der Reiseführer fast überschwänglich zu berichten wusste. Ich glaube, dem mir unbekannten Autor war es wirklich wichtig, seine Wertung bezüglich dieser Diskrepanz mit einzubringen. Aber ich kann es verstehen. Wenn man außen Marmor hat und in seiner Außenwirkung so auf Glanz bedacht ist, dann ist Backstein nicht unbedingt das beste Baumaterial, um zu beeindrucken. Unser Haus zu Hause ist auch aus Backsteinen erbaut. Wir haben allerdings aus Bescheidenheit auf eine Marmorverkleidung verzichtet. Was vielleicht erklärt, warum unser Haus keine Erwähnung in irgendwelchen Reiseführern findet.

Der helle Schein des Marmors überdeckt dann auch schon mal solche weniger glamourösen Details. Aber der Reiseführer hatte es geschafft, mich zum Nachdenken zu bringen und so ging ich dieser brisanten Information noch einige Zeit weiter nach. Und schlussendlich kam ich mit dem Wissen über diesen Backsteinkern zu dem Schluss, dass mir der Reiseführer durch die Blume sagen wollte, dass dieses *mehr Schein, als Sein* durchaus auch den Zustand der katholischen Kirche darstellen könnte. Ein *Schein*, der das *Sein* von menschlichen Unzulänglichkeiten und maroden Weltbildern innerhalb der katholischen Kirche überstrahlen soll. Wollte er damit etwa sagen, dass die katholische Kirche mit diesen Bauten ihre Unfehlbarkeit gegenüber dem Volke zum Ausdruck bringen wollte? Einschüchterung durch Prunk und Protz? Ablenkung von einer eventuell doch vorhandenen Fehlbarkeit? Aber wer würde so etwas Böses denken, wenn man vor dem Mailänder Dom steht? Bestimmt nur der Reiseführer.

Wir ließen uns nicht einschüchtern. Wir nutzten sogar die Möglichkeit den Dom von innen zu besichtigen und erklommen über ein einfach gehaltenes Treppenhaus – hier konnte man sehr schön den Backstein sehen – die oberen Etagen, um am Ende auf dem Dach des Doms zu stehen. Ein skurriler Moment, da man weder auf einem Balkon oder einer Terrasse landet, sondern wirklich auf dem Dach des Kirchenschiffes. Wir waren also sprichwörtlich der Kirche einfach mal aufs Dach gestiegen. Wer hätte das bei einem solchen Sakralbau erwartet, dass man auf ihm herumtrampeln darf. Man konnte sich auf dem fast flachen Dach des Kirchenschiffs frei bewegen oder sich einfach hinsetzen, picknicken und den Blick über Mailand genießen. Ein Umstand, den sehr viele zu nutzen wussten. Eine erstaunliche Offenbarung, die keiner von uns erwartet hätte, ausgerechnet hier, den schönsten Pausenplatz der Stadt zu finden. Was sich die katholische Kirche dabei wohl gedacht hat?

Das Straßencafé in dem wir am Ende unserer langen Tour durch die Stadt gelandet waren, lag glücklicherweise unweit unseres Parkhauses. Das war auch gut, wir hatten alle wunde Füße.

Eine kleine Pause. Eine Auszeit von der Stadt. Dieses Straßencafé war genau das, was wir jetzt hier brauchten. Eine kleine Verschnaufpause und eine gute Gelegenheit den Tag noch einmal Revuepassieren zu lassen und die gesammelten Eindrücke zu sortieren. Gedanken sortieren kann man am besten bei einer schönen Tasse Espresso. Eine kleine Espressopause, bevor es wieder zurück in unser kleines Bergdorf namens Miasino gehen sollte.

Ich nahm die Bestellung der Familie auf und machte mich auf den Weg ins Café, um dem Kellner hilfsbereit entgegen zu kommen. Ich trat an die gläserne Theke und bestellte vier Wasser und zwei Espressi. Auf italienisch, zumindest das was ich für italienisch hielt. Man ist ja gewillt im Urlaub einige Floskeln aufzugreifen, um wenigstens bemüht zu tun, ein lernwilliger Tourist zu sein. Während ich am Tresen auf unsere Bestellung wartete, studierte ich die Auslagen unter der gewölbten Scheibe des Verkaufstresens. Kulinarische Köstlichkeiten wurden angeboten. Kleine Teile aus Blätterteig oder anderen Kuchenteigen, die von mir Unwissendem nicht klassifiziert werden konnten. Alle mit Honig, Zucker und Sirup überzogen. Teils auch mit einem matten Überzug, den ich nicht geschmacklich deuten konnte. Besetzt mit Mandelsplittern, gehackten Pistazien und anderen mir unbekannten Leckereien. Mir lief das Wasser im Munde zusammen, obwohl ich bei der herrschenden Hitze gar nichts essen mochte. Aber ich hätte liebend gerne alles in dieser Auslage probiert. Ich riss mich zusammen und bestellte nur vier verschiedene Teilchen von den kleinen Verführungen zu unseren Getränken.

Währenddessen arbeitete im Hintergrund bereits die Kaffeemaschine an unseren Espressi und blies erste Wasserdampfwolken in alle Richtungen, so als wollte sie ihre astronomischen Ausmaße hinter einem Schleier aus Wasserdampf verbergen. Der Wirt stellte zwei Espressotassen auf den passenden Untertassen bereit. Die Kaffeemaschine fauchte mittlerweile, als ob sie sich gleich mit einem gewaltigen Wasserdampfstrahl in den Orbit schießen wollte. Der Espresso lief derweil ganz ruhig und schwarz in die Tassen. Das kleine Café füllte sich mit einem aromatischen Kaffeeduft und ein angenehmes Wohlbehagen überfiel mich. La dolce vita. Ob Herr Goethe auf seiner italienischen Reise auch solch lukullische Momente mit einem Espresso in der Hand erleben durfte? Aus dem Augenwinkel sah ich, wie der Wirt mit einem Zuckerstreuer in der Hand ansetzte, zwei ordentliche Portionen Zucker in die beiden bereitstehenden Tassen zu gießen. Aus meinen Goethefantasien gerissen, versuchte ich etwas ungestüm, wenig Goethe-like, zu intervenieren. Ich wollte doch gar keinen Zucker in meinen Espresso und versuchte mit einem zu hoch in der Stimmlage angesetzten Zwischenruf „Noooo. No sugar!" die Situation zu retten. Der Wirt sah sich seinen wild gestikulierenden Gast an und antwortete ruhig, in fast akzentfreiem Deutsch, „dann lassen Sie ihn stehen, bis sich der Zucker am Grund abgesetzt hat" und reichte mir die beiden Tassen über die Theke. „Ja", dachte ich, peinlich berührt bezüglich meiner Überreaktion, „oder so! So kann man sich das Leben auch leicht machen!" und musste grinsen. Das hätte mir auch in Dänemark passieren können. Oder sonst wo. Ob nördlich oder südlich von Deutschland sehen die Menschen solche Angelegenheiten einfach entspannter. Warum muss ich als Deutscher mir immer über solche Dinge Gedanken machen und hektisch werden, wenn etwas nicht so umgesetzt wird, wie ich es gewohnt bin? Was ist das eigentlich für eine Frage „ob mit oder ohne Zucker"? Bei der italienischen Art der Kaffeezubereitung kann doch jeder selber entscheiden, wie er seinen Kaffee letztendlich trinken möchte. Rühren oder nicht rühren, ist die einzige Frage, die hier jeder für sich selbst klären muss.

Es tut schon weh, wenn man an solch schöne Momente denkt und dabei eigentlich ganz weit von jeglicher Schönheit entfernt sitzt. Autobahnraststätten sind einfach keine kleinen italienische Cafés. Da kann man noch so viel schönreden und im Kaffee rühren wie man will.

Alessi

Wenn ich eins in Italien entdeckt habe, dann meine Liebe zum Kaffee und vor allem dem unwiderstehlichen Geschmack eines Espresso. Und noch in Italien bin ich meiner Vorstellung vom Ideal der italienischen Lebensweise ein Stückchen nähergekommen.

Was waren das für schöne Momente, auf dem Balkon unserer kleinen Wohnung zu stehen. Den See zu unseren Füßen, die angenehme Wärme, mit einer Nuance frischer Seeluft. Dazu eine Tasse Kaffee, die die angenehme Atmosphäre mit seinem aromatischen Duft noch bereichert. Das machte diesen Balkon immer wieder zu einem der schönsten Orte in diesem Urlaub.

Doch eines Tages hatte sich etwas verändert. Nicht der Wind oder die Wärme. Alles war unverändert. Ich hatte mich verändert. In der linken Hand hielt ich statt meiner üblichen angestoßenen Kaffeetasse aus dem spärlichen Geschirrsortiment dieser Ferienwohnung, jetzt eine kleine Untertasse, und in der rechten Hand die passende Espressotasse mit einem dampfenden, frisch gekochten Espresso. Ohne Zucker. Ich war noch nicht bereit alle deutschen Tugenden über Bord zu werfen. Es war ein Moment absoluter Perfektion. Na ja, fast. Einen kleinen Schönheitsfehler gab es. Es war kein ganz echter Espresso. Es war zwar Espressopulver, aber mit einer einfachen Kaffeekanne auf der Herdplatte gekocht. Ein kleiner Schummelespresso. Aber für mich war es jetzt in diesem Moment ein Espresso und schmälerte deshalb nicht diesen besonderen Moment. Ein Moment, der so schön war, dass man diesen eigentlich hätte festhalten, konservieren und mit nach Hause nehmen müssen. Ein Moment, den man an schlechten Tagen einfach auspackt und genießt. Wo man einfach sagt, „heute bin ich Italien!". Ein Moment, der alles Miese um einen herum vergessen und alles wieder etwas freundlicher aussehen lässt. Ein Moment, der die Alltagsorgen kurzzeitig in den Hintergrund schiebt. Könnte man da nicht ein Patent drauf anmelden? Immerhin doch mal eine Überlegung wert. Ich weiß noch, dass ich auf dem Balkon stand und über diese Idee lachen musste. Unsinn dachte ich und verwarf sie schnell wieder. Mit der Idee kam ich schon wieder zu spät. Das Patent kleine schöne Momente zu zaubern hatte ja bereits jemand anderes erworben. Die Firma Alessi ist da glaube ich Teilhaber. Zumindest wenn ich mir meine an diesem Morgen frisch erworbene Espressokanne, die eigentlich eine Kaffeemaschine für die Herdplatte war, ansah. Denn die kann tatsächlich zaubern. Die Firma Alessi stellt mir sozusagen das Rüstzeug bereit, kleine italienische Momente selber herbei zu zaubern. Und wie es der kleine Zufall so wollte, liegt der Hauptfirmensitz von Alessi am nördlichen Rand des Lago d'Orta. Und das war schon Einladung genug für uns, sich bei einem gepflegten Lagerverkauf von italienischem Design verwöhnen zu lassen.

Im Gewerbegebiet der kleinen Stadt Omegna fuhren wir eines Morgens auf den Firmenparkplatz der kleinen Traditionsfirma. Eingebettet in viel Grün, präsentierte sich der Haushaltsgerätehersteller wohl geordnet und aufgeräumt, mit einem großzügig angelegten Showroom. Nur eine Handvoll weiterer Gäste hatte sich an diesem Tag hierher verirrt. In Regalen und auf Präsentationstischen wurden die designgeschwängerten Küchengerätschaften wie Kunstwerke ausgestellt. Viel Chrom blendete das Auge und so manche Kreation ließ mich fragend zurück. Es mutete dem Besuch einer Kunstgalerie an, durch die man schweigend wandelt, hier und dort stehen bleibt, ein Kunstwerk etwas länger wirken lässt und sich dann langsam weiter andächtig durch die Ausstellung treiben lässt.

Immer wieder musste ich mir ins Gedächtnis rufen, ja eigentlich in einem haushaltsgerätevertreibenden Geschäft zu stehen. Hier verschwammen die Grenzen zwischen Kunst und Gebrauch. Manchmal wusste ich nicht einmal, wofür dieses oder jenes in der Küche eigentlich gedacht war. Oder ob es überhaupt für die Küche erdacht wurde.

Der Showroom ließ uns staunen. Selbst die Kinder, die mit „Küche" ansonsten nicht viel anfangen können - außer dem heimischen Kühlschrank natürlich - staunten nicht schlecht. Wobei ihr Gesichtsausdruck keinen Zweifel daran ließ, dass sie sich bei der einen oder anderen Gerätschaft ebenfalls fragten, wofür sie eigentlich gut sein sollte. Aber nichtsdestotrotz, hier fand ich, was ich suchte. Eine kleine Espressokanne, die keine ist. Sie verzauberte mich schon beim ersten Blickkontakt und sie schien zu flüstern „nimm mich und mach mich heiß!". Sie war kein billiges Kännchen, keines für Mal zwischendurch. Sie bestach durch ihr fast kantenloses, verchromtes Äußeres. Etwas, was man gerne ansah, auch wenn man eigentlich gar keinen Kaffee mochte. Sie ist eine jener Kannen, die sich auf jedem Küchenregal gut machen und einen eleganten Hingucker abgeben. Für diese Kanne hätte ich sogar das Kaffeetrinken angefangen, wenn ich nicht schon ein begeisterter Kaffeetrinker gewesen wäre. Sie war es wert und ich war hier und jetzt bereit, diese Liaison einzugehen.

Auf diesen Moment, hier auf dem Balkon über dem See, hatte ich mich seit dem Kauf der Kanne am Vormittag gefreut. Das vorbereiten der Kanne, das Einfüllen des Wassers und das Abfüllen des Espressopulvers, das schon beim Öffnen der kleinen Dose sein feines Kaffeearoma in der kleinen Küche verteilte. Eine Zeremonie, die einen auf das Kaffeetrinken gut einstimmt. Und selbst der übliche Kopfschmerz beim Befeuern unseres Gasherdes, wenn ich mir mal wieder den Kopf an dem viel zu tief angelegten Deckbalken über dem Gasherd anstieß, konnte diesen Moment nicht mindern. Was den Kopfschmerz angeht, das wurde langsam zum unfreiwilligen Running Gag über den sich die Kinder immer wieder diebisch freuten. „Oh Papa, mach das Haus nicht kaputt", schallte es dann immer aus dem Wohnzimmer. Der Balken verlief wirklich unglücklich. Parallel zur Küchenzeile und er war so niedrig, dass der direkt da unterstehende Gasherd seine Spuren an dem Balken hinterlassen hatte. Deutliche Brandspuren zweiten Grades zeichneten dessen Unterseite. Ein Alptraum für jeden Brandschutzbeauftragen. Aber in Italien - alles tutto bene.

Ich sitze noch immer vor meiner Tasse mit seinem nicht mehr dampfenden Kaffee, in irgendeiner Autobahnraststätte, irgendwo in der Mitte von Deutschland. Der vor nicht allzu langer Zeit noch lufterfüllende Duft meines Kaffees hat bereits das Weite gesucht. Draußen regnet es Bindfäden. Das Wetter weiß, wie man einem eine Reise versüßt. Der Kaffee wurde uns eben noch liebevoll von einer schlechtgelaunten Servicekraft in zwei angestoßenen Tassen, neben den Pommes für die Kinder, auf einem hässlich orangenen Hartplastiktablett serviert. Wortlos. Auch der Dame hätte etwas mehr Sonnenschein im Herzen gutgetan. Warum sind diese Tabletts aber auch immer so trist? Wie soll ein Kaffee oder ein Essen da schmecken? Würde schlechtes Essen und dünner Kaffee nicht auf einem fröhlicheren Tablett nicht gleich viel besser schmecken? Ein naives Kinderbild mit Sonne, Bäumen, Pferden könnte schon einiges bewirken. Hier fehlt eindeutig eine Prise italienischer Sonnenschein. Ich sehne mich zurück auf meinen Dachbalkon, mit Blick über den See und meiner kleinen Tasse frischem, dampfenden Espresso, der kein Espresso war.

Gewitter

Das Essen schmeckt dann auch so aufregend wie das Hartplastiktablett aussieht. Schlicht und langweilig. Der Blick aus dem Fenster hilft da auch nicht. Draußen ist es grau und es regnet. Das schlimmste ist, dass sich das Wetter perfekt der Tristesse des Essens und des Tabletts anpasst. Farblos und deprimierend. Selbst der Regen in Italien war viel schöner und spannender als alles was ich jetzt hier so sehe. Nicht, dass wir viel Regen gehabt hätten in unserem Urlaub, aber der Regen der da war, war alles andere als störend oder gar langweilig gewesen. Der Regen war sogar immer eine wunderbare Ergänzung zu einem heißen Tag. Eine willkommene Abkühlung, die einer kleinen Frischzellenkur nah kam. Eigentlich war der Regen und das dazu gehörige Gewitter nicht nur willkommen, sondern sogar, mit etwas Abstand betrachtet, eines der beeindruckendsten Wetterschauspiele, die ich bisher in meinem Leben gesehen habe.

Die Nacht hatte sich bereits sanft über das Tal und den Lago d'Orta gelegt. Eine angenehme Ruhe lag in der Luft. Die Nacht war wie immer warm. Ich stand auf dem Balkon, spürte den immer noch warmen Wind, genoss den kleinen Frieden um mich herum und blickte auf den See. Nur die Lichter der anliegenden Ortschaften erhellten das Dunkel. Hier und da sah man die Lichter einiger Autos auf der anderen Seite des Sees die Landstraße entlangfahren. Ansonsten, lagen die Berge im Dunkeln. Nur an einer Stelle ließen wie immer die kräftigen Scheinwerfer die Wallfahrtskirche der Madonna del Sasso erstrahlen. Ein grelles Licht an einem ansonsten dunklen Berg. Wie ein leuchtender Stern im dunklen Nachthimmel. Ein sich jede Nacht wiederholendes Schauspiel. An diesem Abend lag aber etwas in der Luft. Etwas, was den Frieden zu stören versuchte. Nichts vorerst Greifbares. Kein Geräusch oder Geruch. Aber selbst die Mücken schienen sich an diesem Abend anders zu verhalten als sonst. Sie ließen uns in Ruhe. Vielleicht lag es an den aufkommenden Wolken, die sich langsam über den Bergkämen sammelten und ein ungewohntes Zwielicht schufen. Um dieses Schauspiel besser genießen zu können, ging ich noch einmal in die Küche und schenkte mir ein Glas Wein ein. Dieses Mal einen italienischen Rotwein, den ich in dem ortsansässigen Gemischtwarenladen gekauft hatte. Dem beachtlichen Preis nach zu urteilen, hatte der Ladenbesitzer jede Flasche einzeln selbst abgefüllt und verkorkt. Ich fragte mich, ob er einen Verwandten mit einer Tankstelle in einem kleinen Bergdorf auf dem Weg nach Mailand hat. Aber was sollte ich machen. Wir waren nach einem langen Tagesausflug schon wieder in unserem kleinen Ort Miasino angelangt, als mich die Lust auf einen Wein am Abend überkam. Zurückfahren kam nicht in Frage. Nicht noch einmal den Berg runterfahren und noch länger im Auto sitzen. Also hielten wir kurzentschlossen bei dem kleinen Laden, schlossen beim Bezahlen die Augen und akzeptierten den aufgerufenen Preis. Ich war es ja schon gewohnt, mir die teureren Tankstellen und Läden raus zu picken. Da kam es auf eine Flasche Wein zum Preis eines kleinen Weinguts auch nicht mehr drauf an. Wegsehen und genießen. Das war die ausgerufene Devise von mir, auch wenn es manchmal wirklich schmerzte. Aber ich war auch sicher eine gute Tat vollbracht zu haben. Immerhin unterstützte ich damit den lokalen Einzelhandel und sorgte so für den Erhalt des Geschäftsbetriebes. Der Ladeninhaber, hier weit oben in den Bergen, will ja auch leben. Da passt der Preis dann natürlich auch wieder.

Ich stieg wieder auf meine Dachterrasse, setzte mich in meinen einfachen Liegestuhl und konzentrierte mich darauf, nicht mit dem vielleicht etwas zu voll gegossenen Glas zu kleckern. Ich wollte keine Glykolflecken auf der Terrasse hinterlassen. Ich ärgerte mich über diesen Gedanken. Und ich ärgerte mich noch viel mehr, dass ich diesen längst verjährten Weinpanschskandal aus den Achtzigern einfach nicht aus meinem Kopf verdrängen kann. Andererseits, weiß ich, wie lange diese Flasche Wein schon bei dem kleinen Geschäft im Regal stand?

In der Ferne hörte man jetzt leise das Grollen eines aufziehenden Gewitters. Weit hinter den angrenzenden Bergkämmen erhellte sich immer wieder der Himmel. Als ob in den einzelnen Wolken Glühbirnen mit Wackelkontakt hingen. Bei jedem Flackern konnte man die dunklen Wolken sehen, die bedrohlich tief standen und bleischwer über den Bergen und den Tälern zu hängen schienen. Man konnte erahnen, wie jetzt in den umliegenden Tälern sich Gewitter entluden und der Donner von den Berghängen widerhallte. Hier hörte ich noch nichts von alle dem. Ich saß mit meinem Glas Wein in einem der Liegestühle auf der Terrasse und beobachtete entspannt das Lichterspiel an den Unterseiten der tiefliegenden Wolken. Bezüglich des Weins hatte ich dem Händler Unrecht getan, der Wein war fantastisch.

Das Grollen kam irgendwann später, leise, wie durch Watte gedämpft, über den See. Mit der Zeit flackerten immer mehr Lichter in den dunklen Wolken auf. Nur das Grollen des Donners wurde nicht lauter. Vom See hörte man noch Stimmen und leise Musik, die aus einem der Lokale nach oben drangen. Aber es war trocken und kaum ein Lüftchen wehte. Doch je länger das Schauspiel dauerte, umso lauter schwoll das Grollen des Gewitters dann doch an und entwickelte dabei langsam einen bedrohlicheren Unterton. Es schien, als schwappten vermehrt, die von den umgebenden Gewittern ausgelösten Donner, über die Bergkämme in das kleine Tal des Lago d'Orta. Eine unheimliche Atmosphäre machte sich breit. Die Wärme, der ausbleibende heftige Wind, den man ansonsten mit Gewittern immer in Verbindung bringt, und dass sich immer wieder überlagernde Gegrummel der verschiedenen Gewitter um unser Haus herum, bescherten mir ein wohliges Gänsehautgefühl. Irgendwann schien das gesamte Tal von Gewittern umgeben zu sein und der Himmel erhellte sich wie von einer trägen Discobeleuchtung angefeuert. Egal, in welche Himmelsrichtung ich gerade sah. Und es wurde lauter. Ein Spektakel sondergleichen. So etwas hatte ich wirklich noch nie gesehen. Die eben noch hinter dichten Wolken versteckten Blitze, die die Wolken aufleuchten ließen, waren jetzt klar und deutlich zu sehen. Das Versteckspiel der Blitze war mit einem Schlag vorbei. Wie bizarre Risse breiteten sich die Blitze grell über den gesamten Himmel aus. Als wollten Sie den Himmel zerreißen. In Hamburg kann man ein Gewitter anhand des Donners orten und mit dem Abzählen der Sekunden zwischen Blitz und Donner in etwa die Entfernung abschätzen. Hier gab es keinen Rhythmus. Hier hatte diese Rechnung keinen Wert. Blitz und Donner schienen sich, ohne erkennbarem Muster, zu überlappen und das, aus allen Richtungen kommend. Der Donner wurde durch die Berghänge hin und her geworfen. Gefesselt von diesem Spektakel aus Licht und Schall beobachtete ich das sonderbare Schauspiel über dem Lago d´Orta. Ein wahrlich gewaltiges Naturschauspiel, das sich mir hier bot. Allerdings regte sich in mir auch langsam der Wunsch mich zurück in die Wohnung zu ziehen. Denn auch hinter mir nahmen die Aktivitäten in den Wolken zu. Es zuckten jetzt ununterbrochen in allen Himmelsrichtungen die Blitze durch die dichten Wolken. Und ich stellte zu meinem Erschrecken fest, dass ich gerade zwar gemütlich und trocken saß, mir aber für die Beobachtung eines Gewitters einen denkbar ungünstigen Platz ausgesucht hatte. Eine Dachterrasse, die auf einem Haus liegt, welches mit zu den höchsten Punkten in der näheren Umgebung gehört, kann man getrost zu den schlechteren Plätzen zählen. Wenn diese Dachterrasse auch noch vollständig aus Metall besteht, dann tut man eigentlich gut daran, sich besser einen anderen Aufenthaltsort zu suchen. Es dauerte ein wenig, bis ich den Umstand erkannte, dass ich gerade den blödesten Platz überhaupt hatte. Ich beschloss meinen Standort also ein wenig zu verändern und eine Etage tiefer auf die kleinere Terrasse aus Stein zu verlagern. Auf eine Spontanröstung durch einen Blitzschlag legte ich an diesem Abend wirklich keinen großen Wert. Ich beschloss meine Sachen zu packen, trank den letzten Schluck Wein aus meinem Glas aus und schickte mich an, mich langsam auf den Weg die kleine Treppe hinab zu machen, denn das Szenario um mich herum wurde immer bedrohlicher. Während ich mich behäbig aus meinem Stuhl schälte, vernahm ich das unheilvolle Ansteigen eines Rauschens in den umliegenden Bäumen, das, wie eine immer mehr anschwellende Welle sich mir nährte und jeden Moment die noch ruhige Luft mit sich zu reißen drohte. Wie eine Stadion-La-Ola, die auf mich zu rollte. Ich sprang jetzt aus meinem

Liegestuhl, griff mir mein leeres Rotweinglas und rannte über die Terrasse zur Treppe, nahm diese mit drei schnellen Sprüngen, landete unsanft auf dem unteren Balkon und schaffte es noch so gerade eben, mich in die Wohnung zu flüchten. Keine Sekunde zu spät schlug ich die Balkontür zu. Der Wind und der plötzlich einsetzende Regen trafen just in diesem Moment mit voller Wucht das Haus und drückten mit aller Kraft gegen die jetzt verschlossene Balkontür, so dass man das sich Wölben der Fensterglasscheibe sehen konnte. Selbst die Ameisen auf unserer Ameisenstraße schienen kurz zu stocken und mir einen irritierten Blick zuzuwerfen. Ein noch nie erlebtes Sommergewitter brach über uns los. Die Lichter der Orte unten am See waren durch den starken Regen nicht mehr zu sehen. Selbst das grelle Licht der Madonna del Sasso drang nicht mehr bis zu uns durch. Wir standen mitten im Raum und starrten angstvoll ins diffuse Dunkel vor unseren Fenstern, während uns ein Rauschen aus Sturm und Regen umgab. Wir sahen uns einem Inferno vor den eigenen Fenstern ausgesetzt. Der Spuk dauerte keine 10 Minuten und der orkanartige Wind flachte zusehends ab. Der Starkregen, der eben noch gegen die Scheiben peitschte, hatte sich zu einem leichten Landregen gemäßigt. Mittlerweile konnte man auch wieder die

Lichter rund um den See sehen. Und nach weiteren 15 Minuten war auch der leichte Regen wieder vorbei. Alles war friedlich. Nicht einmal eine Feuerwehr war zu hören, die zu Sturmschäden oder vollgelaufenen Kellern gerufen wurde. Der See und seine Bewohner scheinen solche Wetterkapriolen gewohnt zu sein. Business as usual. Von dem Lokal am Ufer des Sees drang langsam wieder die Musik zu uns nach oben. Die Kapelle der Madonna del Sasso strahlte wie eh und je in seinem gleißenden Licht. In dem Ort Miasino regte sich nichts. Auch im eigenen Hause regte sich kein Leben. Wie immer. Alles tutto bene am Lago d´Orta.

In der Badeanstalt

Nach dem reichhaltigen Essen in der Autobahnraststätte bleiben wir noch etwas an dem robusten Esstisch aus Resopal sitzen. Der Tisch hat vermutlich schon viele verschüttete Kaffees und über den Tisch verteilte Pommes, arrangiert in einer unansehnlichen Mayo/Ketchup-Legierung, über sich ergehen lassen müssen. Wie oft die Bedienung hier in diesem Autobahnbistro wohl täglich diesen Tisch feucht abwischt? 20, 30mal? Ich versuche die Antwort aus dem Rest an Kaffeesatz in meiner Tasse abzulesen. Ich finde aber keine Antwort auf meine Frage; der Kaffee ist einfach zu dünn. Es reicht nicht einmal für einen Bodensatz. Ich beschließe, diese recht unwichtige Frage einfach Frage sein zu lassen und mich lieber anderen Dingen zu widmen. Vielleicht etwas wichtigeren Dingen. Ich möchte mit meinen Gedanken lieber weiter in Italien weilen, dieses etwas trostlose Ambiente mit Leben füllen und dabei meine kleine Familie teilhabenlassen. Ich will ihnen auch sonnige Urlaubserinnerungen entlocken. Ich möchte einfach nicht, dass der Urlaub schon vorbei ist. Nicht mit Zuschlagen der Autotür in Miasino. So abrupt soll er nicht ausklingen. So trostlos. Da muss man doch irgendetwas noch mit herüberretten können. Zumindest bis nach Hause. Aber noch lässt mich meine ursprüngliche Frage über die tägliche Tischewischrate hier in dieser Autobahnraststätte nicht gänzlich los. Ob es an dem Rest des Kaffees liegt, auf den ich noch immer stiere? Ich weiß es nicht. Auf jeden Fall schießt mir der Gedanke durch den Kopf, dass die öffentliche Toilette mit angeschlossener Badeanstalt am Lago d'Orta vermutlich weniger häufig einen Wischlappen zu spüren bekommen hat, als dieser Tisch. Zumindest sieht er so aus. Ich gehe gedanklich sogar noch weiter und spekulierte nach einer genaueren Betrachtung des Tisches, dass die Toilette in der öffentlichen Badeanstalt nicht einmal täglich einen Lappen zu Gesicht bekommen hat. Und um mich ganz weit aus dem Fenster zu lehnen, behaupte ich sogar, dass dieser Tisch, an dem wir hier gerade sitzen, mit aller Wahrscheinlichkeit täglich häufiger den feuchten Lappen zu spüren bekommt, als die Toilette seit ihrer Erstbenutzung vor vielen Jahren. Und ich kann meine These auch noch untermauern. Mit Fakten, die nicht von der Hand zu weisen sind: Erstens kann die Toilette den Lappen gar nicht zu Gesicht bekommen haben, da es gar kein Licht in diesem fensterlosen Raum gab, und zweitens - das ist wahrscheinlich das ausschlaggebendere

178

Argument - es gar keine klassische Toilettenschüssel in diesem düsteren Fliesenetablissement gab. Lediglich ein Loch in den Bodenfliesen, über das man sich hockte, diente als `Kloschüssel´. Die Spülung erfolgte dann standesgemäß mit einem grünen Gartenschlauch, sofern man das bei den schwierigen Lichtverhältnissen überhaupt sagen konnte.

Ich erschrecke mich glücklicherweise selbst über meinen gerade fabrizierten Gedankensperrmüll und erinnere mich an mein eigentliches Anliegen, die Familie in meine schönen Urlaubsphantasien mit einzubinden. Hoffentlich andere, denn wenn die Gedanken an das Klo in Orta die Schönsten sind, dann war der Urlaub echt sch***e. Bevor ich weiter in Geschichten von Menschen und Klos abgleite und mir Gedanken über andere Länder und deren gekachelten Bedürfnisanstalten mache, stelle ich endlich meine angedachte Frage in die Runde, was denn deren schönste Urlaubserinnerungen sind. Mein Sohn antwortet als erster und schreit begeistert „die Badeanstalt!". Vor Lachen hätte ich fast meinen Restkaffee aus meiner Tasse über den Tisch verteilt.

Mein Lachen sorgt für Verwirrung am Tisch. Mein Sohn sieht mich schräg an und fragt, was an der Feststellung denn jetzt bitte sooooo lustig gewesen sein soll? Auch der Blick meiner Frau changiert zwischen fragend und peinlich berührt. Meine Tochter beließ es beim Große-Augen-machen. Ich beruhige mich wieder ein wenig und versuche meinen Ausbruch damit zu rechtfertigen, dass ich ebenfalls gerade an die Badeanstalt gedacht habe, verzichte aber auf nähere Erläuterungen. Meine vage Erklärung ändert allerdings nichts an der Miene meines Sohnes, der sich jetzt noch viel mehr über mich zu wundern scheint. Meine Tochter sagt nur „Papa, Du bist komisch" und schiebt nach einer kurzen Pause ein „…aber nicht lustig" hinterher. Ich blicke in die Runde und sehe dann meine Frau noch immer mit einem verschmitzten Lächeln an und an ihrer Miene kann ich erkennen, dass sie meine Gedanken lesen kann. Ihr Gesicht hatte sich zu einer angeekelten Grimasse verzogen, die bei anderen für Herpes hätte sorgen können. Sie hasste diesen Abort des Grauens am See.

Mein Sohn lenkt glücklicherweise mit wirklich schönen Erinnerungen an die Badeanstalt ab, so dass die Gesichtszüge meiner Frau wieder Normalität erlangten. Auch sie ergreift dann das Wort und nimmt die Frage nach dem schönsten Erlebnis im Urlaub mit auf. Sie will ganz offensichtlich so schnell wie möglich das Thema „Toilette" vom Tisch haben. Ich weiß ja, dass sie bei dem Gedanken an dieses Örtchen übel aufstoßen muss. Es ist nur eine Frage der Zeit, wann sie sich noch einmal schütteln wird. Ich beginne langsam runter zu zählen. Drei, zwei, eins und schon ging ein leichtes Schütteln durch ihren Körper, bei dem sich das Gesicht fast unmerklich noch einmal zu einer kleinen süßen Grimasse verzog. Ich kenne doch meine Frau und lächele zufrieden. Jetzt setzt mein Sohn erneut an, um seine schönsten Erinnerungen endlich preisgeben zu können, bevor ihm seine Schwester doch noch zuvorkommt. „Das war so cool auf der Wiese und dem See und noch viel cooler waren die beiden Tage, als wir uns ein Tretboot gemietet hatten und auf dem See von dem Boot aus immer ins Wasser gesprungen sind. Das war der Hammer!", konnte er jetzt endlich rausposaunen. Da musste ich ihm beipflichten. Das war echt schön auf dem See. „Und wie Papa das Boot so zum Schaukeln gebracht hat, dass Mama fast ins Wasser gefallen wäre!", schaltete sich auch meine Tochter in den Reigen der lustigsten Badegeschichten mit ein, „oder wie Papa versuchte, aus dem Wasser wieder auf das Boot zu klettern. Das sah aus wie bei dem Walross in Hagenbecks Tierpark, wenn es ans Ufer gerobbt kommt!" Und mein Sohn schrie „und so gegrunzt hat er auch!" und lachte laut auf. Peinlich berührt, sehe ich mich jetzt nach den anderen Gästen um uns herum um. Einige verstörte Blicke treffen mich. Ich lächle zurück.

Ja, das war wirklich nicht besonders elegant, aber ich hatte einfach irgendwann nicht mehr die Kraft in den Armen, mich mit einem eleganten und kraftvollen Schwung am Boot hochzustemmen. Zumal es in einer Tour hieß - rauf aufs Boot, runter vom Boot. Mit jedem weiteren Male schwanden die Kräfte mehr und der Ausstieg aus dem Wasser immer beschwerlicher. Am Ende konnte ich mich gerade noch so an Bord rollen. Wahrlich nicht elegant, geschweige denn ansehnlich. Den Muskelkater in den Armen bekam ich dann auch am nächsten Tag ordentlich zu spüren. Jetzt, wo das muskelplagende Plantschen zum Thema kommt, erinnerte ich daran, dass wir auch noch diese kleinen kajakähnlichen Plastikboote geliehen hatten und um die kleine Insel San Guilio gepaddelt sind. Das Erlebnis kommt jetzt bei mir wieder in voller Schönheit zu Tage. Ich kann fast die Sonne und den leichten Wind auf meiner Haut spüren. Und den Schweiß riechen, der sich durch die Anstrengung auf der Haut bildete und für angenehme Kühlung sorgte.

Ich merke, dass ich den Schweiß tatsächlich noch riechen kann. Die Sonne und der Wind verschwanden während der weiteren Unterhaltung, der jetzt schon unangenehme Schweißgeruch blieb. Ich verabschiede mich in Richtung des gefliesten Bereiches, um mich etwas frisch zu machen. Autofahren ist doch anstrengender als man vermutet. Komisch, dass manche Erlebnisse so schnell aus dem Gedächtnis verschwinden. Bei der Vielzahl der Erlebnisse in diesem Urlaub aber auch kein Wunder. Gut, dass da immer jemand ist, der diese Erinnerungen ab und zu mal wieder an die Oberfläche holt.

Ich mochte es sowieso lieber, etwas zu unternehmen, als einfach irgendwo rumzusitzen oder zu liegen. Erinnerungen speisen sich schließlich aus Bewegung. Aber manchmal ließ sich es nicht verhindern, einfach auch mal nichts zu unternehmen. Wie beispielsweise in dieser besagten Badeanstalt.

Auf der Wiese unter den Bäumen war es ja auch grundsätzlich sehr schön, aber irgendwie auch anders. Anders als auf einem Tretboot draußen auf dem See. Hier stand man mehr unter Beobachtung. Zudem hatte die Badeanstalt den Nachteil, dass der Einstieg ins Wasser sehr steinig war und manchmal die Steine unter den Füssen echt wehtaten. Hier unterdrückte ich meinen Bewegungsdrang und lag dann doch lieber auf der Wiese herum, ließ den Tag vorbeiziehen und betrieb Sozialstudien.

Nach einigen Besuchen der Anstalt und intensiven Beobachtungen der anderen Badegäste, konnte ich feststellen, dass ich die Gäste irgendwann anhand der mitgebrachten Badeutensilien nach Nationalitäten sortieren konnte. Der Italiener kam nur in Badehose, Flip Flops und mit einem kleinen Handtuch in der Hand in die Badeanstalt, auf das er sich auf der Wiese setzte. Die Dänen kamen mit größeren Handtüchern, vier Bier und Zigaretten. Die Holländer hatten Handtücher und kleine Klappstühle dabei. Daneben eine kleine Kühltasche und einen Sonnenschirm, der in der Wiese steckte. Zu guter Letzt natürlich noch die Deutschen. Als Basis breiteten sie eine 2 x 3 Meter große Picknickdecke aus. Die Handtücher sollten ja beim draufliegen nicht dreckig werden und beim späteren Abtrocknen nicht auch noch kratzen. Dazu zwei Taschen mit Wechselklamotten, Essen, Trinken, Erste Hilfeausstattung, Lesebuch, viel Sonnencreme und Wasserspielzeug in Form von Luftmatratzen, Wasserbällen und Schwimmnudeln. Diese wurden an den Rand der Decke gestellt. Am Kopfende. Die Wertsachen immer in greifbarer Nähe.

Warum nicht alle anderen Gäste ebenfalls so einen Aufwand betrieben wie wir, erschloss sich mir nicht. Ich bin immer davon ausgegangen, das braucht man alles.

Tanken mit Ananas

Wie mit dem Baden, ist auch das mit dem Tanken in Italien so eine eigene Sache, an die ich mich wohl noch gewöhnen muss. Wenn man mit dem Auto nach Italien fährt, dann bleibt es einem ja nicht erspart irgendwann auch einmal an eine Tankstelle zu rollen und dem Auto zur Erhaltung der Mobilität den notwendigen Saft zu spendieren. In diesem Falle hatte ich mal wieder so lange gewartet, bis die Reservelampe hektisch zu blinken begann und nach Sprit rief. Ich erhörte die Lampe, als sie zu kollabieren drohte und fuhr auf die nächste Tankstelle. Es war eine recht kleine Tankstelle an der Seestraße, die Rund um den Lago führte. Schon beim heranrollen auf die Tankstelle sorgte ein handgemaltes Schild vor den beiden Zapfsäulen für Verwirrung. Ich stoppte den Wagen in der Auffahrt zur Tankstelle vor dem Schild. Alle im Auto starrten auf das Schild und versuchten die Aussage zu verstehen. Demnach sollte sowohl an der linken Zapfsäule, als auch der rechten Zapfsäule Benzin mit 95 Oktan ausgeschenkt werden. Das verstanden wir noch. Allerdings warum zu gänzlich unterschiedlichen Preisen, verstanden wir nicht mehr. Ich sah meine Frau fragend an und hoffte, dass sie eine plausible Erklärung für den Verkauf des gleichen Benzins zu verschiedenen Preisen parat hielt. Aber auch sie konnte nur ratlos mit den Schultern zucken und sich das Phänomen nicht erklären. Der Reiseführer schwieg sich mal wieder aus. Es nutzte ja nichts, wir mussten tanken. Ob wir wollten oder nicht und das egal zu welchem Preis. Die Kinder wollte ich nicht das Auto um den halben See bis zur nächsten Tankstelle schieben lassen, nur um einige Cent zu sparen. Zumindest war ich mir sicher, egal wie, es würde nicht teurer werden als auf dem Weg nach Mailand. Beide veranschlagten Preise lagen deutlich unter den Preisvorstellungen des kleinen Benzinmafiosi in seiner Bergdorftankstelle. Ich entschied mich für die billigere Zapfsäule. Doch so ganz sicher war ich mir nicht, ob das jetzt die richtige Entscheidung war. Sichtlich nervös ging ich nach dem Tanken in den Verkaufsraum der Tankstelle und stellte mich an die Kasse. Hatte ich jetzt doch einen Fehler gemacht mit der Entscheidung für die billigere Tanksäule? Bevor ich mir aber weiter den Kopf über diese Frage zermartern konnte, kam aus einem Nebenraum ein Verkäufer in einem ölverschmierten Overall an die Kasse. Der klassische Auftritt eines Tankstellenbetreibers, wie er in Filmen am liebsten dargestellt wird. Lächelnd, mit einem Lappen seine Finger notdürftig abwischend. Ein kleiner runder Bauch, der den Reißverschluss des Overalls gefährlich spannen ließ. Ein Schwall italienisch, freundlich klingender Worte flog mir entgegen. Ich konnte nur kurz abwehrend einwerfen, dass ich Deutscher bin und kein italienisch spreche. Aber ein bisschen englisch, wie ich schnell hinterher schob. Stille. Der Verkäufer überlegte kurz und begann auf dem gleichen niedrigen Englischniveau auf dem ich mich bewegte weiter zu reden, ohne dabei aber die Silbenzahl pro Minute merklich zu mindern. Aus dem Inferno an Worten, Silben, Lauten versuchte ich eine Botschaft zu entschlüsseln, aber der in Stakkato vorgetragene Monolog erschloss sich mir nicht gänzlich. Eigentlich hatte ich gar nichts von dem Gesagten verstanden, aber es schien mir auch nicht besonders wichtig. Ich wollte ja auch nur tanken. Irgendwann legte der gute Mann mir ein postkartengroßes Formular vor die Nase und einen Kugelschreiber. Ein öliger Finger zeigte auf einen Strich am unteren Rande des Formulars.

Als ich zurück aus der Tankstelle zum Auto kam, wurde ich schon mit großen Augen erwartet. „Was hast du denn da unter dem Arm?" fragte meine Frau und zeigte auf die Saftflasche in meiner

Hand. „Ach, die hat mir der Tankwart noch in die Hand gedrückt. Das Verfallsdatum ist bald erreicht und er verschenkt die jetzt an gute Kunden!". „Gute Kunden?", echote meine Frau. „Du warst doch jetzt das erste Mal hier zum Tanken. Der kennt dich doch gar nicht!" „Das stimmt, aber vielleicht tanken wir ja noch einmal hier und ich habe immerhin den niedrigeren Benzinpreis bekommen", konterte ich und gab ihr den Quittungsbeleg und eine Werbepostkarte der Tankstelle und noch den Zettel mit meiner Unterschrift als Durchschlag. Meine Frau musterte die ihr gereichten Unterlagen. „Sag mal, das ist aber kein Quittungsbeleg für das getankte Benzin, das sieht aus wie eine Mitgliedschaft, was du da unterschrieben hast!" Ich überlegte und versuchte zu rekapitulieren, was der Verkäufer mir alles versucht hatte zu erklären. Ich konnte es nicht. Ich hatte ja nicht ein Wort von dem mir Erzählten verstanden. „Und warum hast du deine Handynummer angegeben? Wollt ihr noch weitere Verkaufsgespräche führen oder euch verabreden? Vielleicht auf einen kleinen Espresso?", fragte sie spitz weiter. Sie merkte, dass ich ihr so spontan keine passende Antwort geben konnte oder wollte und versuchte die Situation einlenkend zu beschwichtigen. „Wir lassen uns das Ganze nachher mal vom Computer übersetzen und dann schauen wir, was Du jetzt schon wieder gekauft hast!"

Glücklicherweise war es keine ernstzunehmende Mitgliedschaft, wie sich später herausstellte. Man sicherte sich nur für ein weiteres Mal Tanken an dieser Tankstelle, den etwas günstigeren Preis und eventuell noch einen Ananassaft, falls dieser nicht bereits abgelaufen ist. Ich war heil froh. Manchmal muss ich mich wundern, was man alles unterschreibt. Überall wird gewarnt, dass man nichts Ungelesenes einfach unterschreiben soll. „Nein, mir kann das nicht passieren", denkt man dann immer. Das passiert immer nur den anderen Deppen. „Ich bin mit allen Wassern gewaschen. Mir verkauft keiner ein X für ein U. Nein, nein, Haha. Wo soll ich noch mal unterschreiben?" Ich glaube, ich habe tatsächlich unendlich viel Glück gehabt. Man kauft ja doch einfach zu viel mit einer achtlos gesetzten Unterschrift. Plötzlich ist man Mitglied in einem lokalen italienischen Fitnessstudio oder hat ein Zeitschriftenabonnement für die örtliche Tageszeitung abgeschlossen. Ich bin ja schon in der Vergangenheit für derlei Angebote sehr empfänglich gewesen. Ob Zeitungsabonnements, Angebote im nächtlichen Dauerwerbeprogramm für Autolackaufbereitungen oder Angelköder, die sich Unterwasser bis zu dem in der Höhle stehenden Fisch bewegen können. So ausgerüstet, hätte ich jetzt nur noch mit dem Angeln anfangen müssen. Und auch an der Haustür angesprochen, tue ich mich noch immer schwer Leute abzuweisen. Aber ich werde besser. Die Spenden für die Hinterbliebenen des unbekannten Soldaten habe ich dann doch endlich sein lassen.

Aber so richtig hatte ich den Aufwand für die Aktion der Tankstelle nicht begriffen. Unser Gespräch hat etwa 10 Minuten gedauert. Ich habe das Benzin günstiger bekommen, scheinbar kein Abonnement unterschrieben und sogar noch einen Ananassaft dazubekommen. Eigentlich hatte ich alles richtig gemacht. Aber was ist der Gewinn des Tankstellenbetreibers? Betreibt er derlei Aufwand auch, wenn mal mehr als drei Kunden gleichzeitig am Tresen stehen? Das wären immerhin 30 Minuten Zeitaufwand. Da möchte ich nicht der Dritte in der Reihe sein. Eine Menge Zeit, die man in meinen Augen sinnvoller nutzen könnte. Wenn der einzige Gewinn für den Betreiber dabei ist, dass man eventuell doch ein zweites Mal zum günstigen Tanken bei ihm vorbeikommt, dann ist das viel Aufwand für wenig Gewinn. Und letztendlich muss ich mir auch die Frage stellen, was passiert wäre, wenn ich freiwillig die etwas teurere

Zapfsäule angesteuert hätte? Kein Abo und kein Saft? Um das alles zu verstehen, fehlt mir wohl doch noch einiges an Wissen über Italien. Aber alles hat seine Zeit. Italiener wird man nicht von heute auf morgen. C'est la vie.

Turin

Auch der schönste Aufenthalt auf einer Autobahnraststätte geht einmal zu Ende und so reihen wir uns wieder in den glücklicherweise fließenden Verkehr der Autobahn ein. Die nächsten Stunden bis zur nächsten Pause sind vorbestimmt.

<u>1.038 Kilometer bis nach Hamburg – Ich schalte das Navi aus</u>

Wir sind mittlerweile wieder ein ganzes Stück weiter dem grauen Band der Zusammenführung in Richtung Hamburg gefolgt. Ein Hörspiel der drei Fragezeichen läuft. Ein Einschlafgarant für meine Frau. Die CD braucht keine 10 Minuten, um sie einzuschläfern. Die drei verbliebenen Mitfahrer lauschen andächtig den Abenteuern von Justus, Peter und Bob. Ein Abfahrtsschild an der sich endlos ziehenden Autobahn kündigt Kassel an.

Kassel. „Was verbinde ich eigentlich mit Kassel?", regt mich das Schild zum Nachdenken an. „Was gibt es in Kassel?" Ich merke, dass ich herzlich wenig über die Stadt Kassel weiß. Es fällt mir nichts ein. Keine Bilder oder Informationen die bei mir im Kopf aufploppen. Und ich muss leider auch zugeben, dass sich bei dem Namen auch kein tiefergehender Wunsch nach einem Besuch bei mir regt. „Wann entwickelt sich eigentlich der Wunsch eine fremde Stadt zu besuchen? Beim Hören des Namens, weil er gut klingt oder erst wenn man bereits kleine Wissensinseln über die Stadt hat?", stelle ich mir die philosophische Frage über den Ursprung eines solchen Verlangens. Ich kenne die Antwort nicht, aber in einem bin ich mir sicher, ich sitze im Auto und habe viel Zeit. Viel Zeit, um mir darüber mal Gedanken zu machen.

Als ich vor einigen Tagen das Abfahrtsschild nach Turin an der Autostrada las, regte sich ein ganz anderes Begehren. Nichts gegen Kassel, aber der Name Turin löste bei mir ganz andere Gefühle aus.

Welch aufregender Gedanke war es, eine Weltstadt wie Turin zu besuchen. Die Heimat von Fiat, Juventus ... und mehr fiel mir dann auch erst einmal nicht zu Turin ein. Das war vor knapp einer Woche. Jetzt, wo ich darüber nachdenke, kann ich doch zumindest eine der mir selbst gestellten Fragen beantworten: Es reichen sehr kleine Wissensinseln, um Emotionen auszulösen. Ich verfügte also bis zum Ortsschild von Turin in etwa über das gleiche fundierte Wissen, wie über Kassel. Also eigentlich nichts. Eigentlich sogar noch viel weniger als über Kassel. Über Kassel wusste ich bis dahin wenigstens, dass die Stadt eine berühmte Kunstmesse hat und ich die Kasseler Berge nicht so gerne mit dem Auto befahre. Von Turin kannte ich bis hierhin nur den Fußballverein Juventus Turin. Das ist wenig, aber es reichte schon aus, um mir ein Lächeln um die Mundwinkel zu zaubern. Bei dem Gedanken an diesen unglaublichen Fußballclub muss ich einfach immer lächeln. Ein Verein der Triumphe und Skandale. Und der schönsten Fußballtrikots überhaupt. Als Hamburger kommt einem natürlich sofort die größte Fußballsensation schlechthin in den Sinn. Das legendäre Finale um den Europapokal 1983 in Athen. Ich saß als Elfjähriger gebannt vor dem Fernseher und mein Hamburger SV schlug in einem packenden Kampf Juventus Turin. Unvergessen das unfassbare Tor von Felix Magath nach nur acht Minuten, von der linken Strafraumecke direkt in den oberen rechten Winkel. und dem damit einzigen Treffer des Spiels. Damals saß ich im Schlafanzug auf dem elterlichen Sofa vor dem Fernseher, wo ich mit meinem Vater noch das Spiel verfolgen durfte. Das Tor kam sehr unerwartet und erst die Zeitlupenwiederholung zeigte die eigentliche Brillanz dieses Tors. Der Topf kam zum Deckel, denn in diesem Jahr war der HSV auch noch deutscher Meister geworden.

Bei dem Gedanken lief mir auf dem Weg nach Turin nicht nur mehr der heiße Schweiß den Rücken runter, sondern auch noch ein eiskalter Schauer. Am Tag nach diesem legendären Spiel, stand ich mit vielen anderen euphorischen Hamburgern an der Straße und wartete auf den Triumphzug meiner Mannschaft durch die, in diesem Moment, schönste Stadt der Welt. Im oben offenen Doppeldeckerbus fuhren meine Helden dann an mir vorbei. Ich jubelte ihnen zu und Horst Hrubesch winkte mir, dem kleinen Knirps am Straßenrand, zurück. Der größte aller Fußballer winkte mir persönlich zu. So glücklich war ich lange nicht mehr abends in meinem Bett eingeschlafen, wie an diesem Tag.

Hoffentlich sind die Turiner nicht nachtragend und zerkratzen mir den Lack vom Auto, überlegte ich noch, als wir in die Stadt einfuhren. Immerhin hatte ich ja ein Hamburger Nummernschild. Entschieden wischte ich diesen absurden Gedanken vor einer Woche beiseite. Seit der Turiner Niederlage ist schon viel Wasser den Po runtergelaufen. Was für ein Wortspiel. Es war wirklich heiß. Ich versuchte noch mehr Wissen über Turin aus meinem Hirn zu kramen, aber es kam mir nur noch der fußballspielende Zehnkämpfer Hans-Peter Briegel in den Sinn, wobei ich mir gar nicht so ganz sicher bin, ob der überhaupt jemals bei Juventus gespielt und nicht in Verona seinen Lebensunterhalt verdient hat.

Turin war die erste italienische Großstadt, die wir in diesem Urlaub besuchten und es dauerte etwas, bis Turin den Glanz entwickelte, den ich mir in meinem Kopf bereits ausgemalt hatte. Immerhin hatte unser Reiseführer schon einige Highlights angekündigt.

Nach Verlassen der mautpflichtigen Autostrada, wurden wir über eine triste Straße durch die Vorstädte von Turin gelotst. Die Vorstädte erwiesen sich als sehr grau und auch eine sehr große Pirelli Werbung auf dem Dach eines Hauses, konnte keine Farbe ins Bild bringen. Sie stand genauso farblos da, wie alles andere auch. Das eigentlich leuchtende Gelb des Werbebanners war einem Eierschalengelb gewichen. Es schien, als verstecke das Schild sein eigentlich leuchtendes Antlitz, um nicht weiter aufzufallen. Der angekündigte Glanz der Stadt ließ noch auf sich warten.

Der Verkehr nahm merklich zu, aber er stockte nicht und lief weiterhin fließend auf der dreispurigen Straße stadteinwärts. Ich fuhr hochkonzentriert und hielt mich an die Geschwindigkeitsbegrenzung. Man will ja nicht dumm auffallen. Nicht nur wegen des Hamburger

Kennzeichens. Und ich hielt an Ampeln. Zu meinem Erstaunen als einziger Verkehrsteilnehmer. Links und rechts von uns brausten die Mopeds und Autos ungebremst weiter. Der Verkehr fließt in Turin also auch bei Rot weiter, stellten wir erstaunt fest. Selbst die Kinder schauten jetzt von ihren Handys auf und zur Abwechslung mal aus dem Fenster. Die Fußgänger, die die Straße bei Grün überquerten, ließen sich nicht weiter davon stören und gingen einfach weiter. Auch ein Auto, das nach einer Vollbremsung gerade ebenso knapp hinter der Haltelinie und vor den Schienbeinen der Querenden zum Stehen kam, brachte die Fußgänger nicht aus der Ruhe. Neue Länder, neue Sitten, neue Fahrkultur. Bei mir begann sich jetzt auch noch Angstschweiß zu dem normalen Schweiß dazuzugesellen. Es war noch immer wahnsinnig heiß und machte die Fahrt nicht besser. Die Turiner Autofahrer machten mich nervös. Die eigenwilligen Verkehrsregeln konnte ich nicht so schnell verinnerlichen und bremste auch weiterhin routinemäßig an jeder roten Ampel. Im Fach „italienische Verkehrserziehung" hatte ich noch reichlich Defizite und einiges aufzuholen. Der Weg zu einem italienischen Fahrstil ist ein weiter. Insofern fielen wir dann doch auf, wie ein bunter

Hund in einer weißen Schafherde. Und es lag nicht nur am Hamburger Nummernschild.

Die vorhandene Infrastruktur machte es nicht leichter. Die Straßenführung wurde abenteuerlich. Immer wieder entpuppte sich die rechte Spur als spontaner Abbieger, so dass ich regelmäßig einen ebenso spontanen Spurwechsel auf die linke Spur einleiten musste. Immer mit der Angst, eine der schnellen Vespas mit einem Bodycheck auf eine der anderen Spuren zu schießen. Ich wurde entsprechend regelmäßig angehupt, weggehupt und zugehupt. Gefühlt wurde ich immer langsamer und war irgendwann kurz davor, das Auto am rechten Fahrbahnrand einfach abzustellen und wegzulaufen. Aber ich kam nicht einmal mehr auf die rechte Spur. Überall Vespas und italienische flinke Kleinwagen.

Aber wenn man erst einmal das Auto abgestellt hat, dann ist Turin eine wunderbare Stadt. Wir bewunderten die zahlreichen Arcadengänge, die es einem ermöglichten weite Strecken zurückzulegen, ohne der brennenden Sonne mehr als nötig ausgesetzt zu sein. Dafür war der Reiseführer zumindest schon einmal gut gewesen. Der Tipp war wirklich gut. Eine der wenigen Anerkennungen, die ich für dieses Werk der Tourismusbranche aufbringen konnte.

Wir wanderten durch die Stadt und mein Wissen über die Stadt wurde gemehrt.

Dafür, dass ich bei der Einfahrt in Turin die Stadt als sehr grau und farblos empfunden habe, entwickelte die Stadt beim zweiten Hinsehen langsam eine eigene Farbpalette. Je weiter wir uns durch Turin bewegten, umso mehr änderte sich das Bild der Stadt in meinem Kopf. Man musste nur genau hinsehen, um die wahre Schönheit zu entdecken. Und im Nachhinein muss ich gestehen, dass mir Turin im Vergleich zu Mailand besser gefallen hat, auch wenn wir jeweils nur einen Bruchteil der beiden Städte haben kennenlernen können.

Flanieren in Städten macht unendlich Spaß. Unbekannte Geschäfte, in die man hier und da reinschauen kann. Überall interessante Dinge, die man noch nie gesehen hat. In jeder neuen Straße neue Eindrücke, die verarbeitet werden wollen.

Zur allgemeinen Überraschung für uns, gab es einen Laden namens „Flying Tiger of Copenhagen". Ein Geschäft, welches ausschließlich dänische Produkte (vermutlich alle mit einer Einreiseerlaubnis aus China) verkauft. Und das in Italien. Mit Erstaunen stellte ich fest, dass man sich in diesem Geschäft nicht einmal die Mühe machte, die dänische Beschilderung ins Italienische zu übersetzen. Man konnte aber zumindest mit Euros zahlen. Die dänische Krone ist hier vermutlich nicht so verbreitet, wobei mich die Möglichkeit der Zahlung mit dänischen Kronen, bei der konsequenten Umsetzung des dänischen Konzepts, auch nicht weiter verwundert hätte.

Irgendwann machten sich nach vielen Kilometern Fußmarsch durch Turin bei uns die ersten Ermüdungserscheinungen bemerkbar. Die Hitze machte uns allen zu schaffen und da nützte auch das vorhin im italienischen Radio gespielte Weihnachtslied „Santa Claus is coming to town" nichts mehr. Eine lustige Idee, aber nicht mehr als ein laues Lüftchen, das keine Abkühlung brachte.

Nach der jetzt aufgeschlagenen Europakarte, noch etwa 310 Kilometer bis nach Hamburg

Die Ausfahrt nach Kassel hatte ich jetzt verpasst. Ich nehme mir vor in Hamburg mein Wissen über Kassel dem über Turin anzupassen. Vielleicht ist die Stadt Kassel ja ebenso eine Überraschung wie Turin. Wobei ich jetzt schon bezweifeln möchte, dass in Kassel im Juli Weihnachtslieder gespielt werden.

Grappa

Das Wetter wird immer mieser. Der Regen hat sich zu einem ständigen Begleiter gemausert. Es ist schon ein Unterschied, ob man bei Regen auf den Lago Maggiore blickt oder sich die Kasseler Berge im Sprühregen ansieht. Da gibt es nicht viele Gemeinsamkeiten mit der norditalienischen Landschaft. Die sattgrünen Wälder ziehen dicht bewachsen an uns vorbei und versperren die Sicht auf das Dahinterliegende. Die Wälder in den Bergen Italiens waren deutlich weniger blickdicht und dunkel. Weniger undurchdringlich. Irgendwie hat in Italien alles mehr Licht gehabt. Ich kann es verstehen, dass es den Römern grauste, durch die teutonischen Wälder zu streifen. Bei dem Wetter hätte ich auch keine Lust, an einem Feldzug durch Germanien teilzunehmen. Es ist schon erstaunlich. Kurz einmal über die Alpen gehüpft und man befindet sich in einer gänzlich anderen Welt. Ich weiß nicht, wie ich jetzt genau darauf komme, aber irgendwie fällt mir bei den gänzlich unterschiedlichen Landschaften der Vergleich von Korn zu Grappa ein. Urdeutsch, gegen uritalienisch. Warum auch immer. Und je länger ich darüber nachdenke – ich habe ja viel Zeit hier im

Auto -, umso besser finde ich meinen Vergleich. Korn - solide, einfach, gut. Wie ein deutscher Buchenwald. Vielleicht nicht ganz so wuchtig. Aber Korn wird immer nur ein Korn bleiben und keinen Feinschmecker hinterm Ofen hervorlocken. Dafür ist der Korn zu einfach gestrickt. Ein Grappa hingegen kann zu einem wahren geschmacklichen Feuerwerk destilliert werden, der wie die norditalienischen Wälder mit feinen Nuancen, unterschiedlichen Noten aus verschiedensten Vegetationen aufwarten kann und damit eine buntere Vielfalt bietet, die mehr die Sinne anspricht, als es ein Korn jemals tun könnte. Schließlich wollen das Auge, die Nase und letztendlich auch die Zunge gleichermaßen angesprochen werden. Wie vielfältig ein Grappa seine vielfältigen Geschmacksnoten am Ende auf der Zunge offenbart und einen verzückt genießen lässt, ist beeindruckend. Man schmeckt förmlich die italienische Leichtigkeit.

Die deutschen Wälder sind schön, keine Frage, aber auch so anders. Ich liebe es durch einen dichten Laubwald zu gehen und die Frische einzuatmen und die leicht feuchte Luft auf der Haut zu spüren, mal einen Baum zu umarmen oder einfach mal Waldbaden zu betreiben. Aber sie haben auch immer etwas Dunkles und Schweres an sich. Und würde man im Buchenwald stehend nicht dann lieber einen Korn als einen Grappa trinken? Irgendwie ist es genau das, was ich bei einem guten Grappa schmecke. Das sonnige, leichte und luftige Italiens.

Dieser Erkenntnis ging ein erheblicher Lernprozess voraus und ich lernte im Urlaub, dass der Weg zu diesem sonnigen, leichten und luftigen Geschmackserlebnis nicht ganz so einfach wie gedacht war. Denn ich lernte in Italien auf brutale Weise: Korn ist Korn und Grappa ist nicht gleich Grappa.

Ich bin ein rational denkender Mensch. Ich weiß, dass die Milch aus der Kuh besser schmeckt als aus dem TetraPak. Ich weiß auch, dass der selbst gefangene Fisch am See frischer ist, als der aus der Fischtheke im Supermarkt. Diese beiden Fakten warf ich in einen Topf, übertrug das Ergebnis auf alkoholhaltige Getränke und es ergab sich für mich, oh Wunder, eine ganz klare Schlussfolgerung: Das beste Bier gibt es in Deutschland. Den besten Champagner in Frankreich. Der beste Sherry kommt bekanntlich aus Spanien und selbstredend kommen die besten Single Malt Whiskeys aus Schottland. Und wo wird es dann wohl den besten Grappa geben? Natürlich in Italien. Und wenn man in Italien ist, dann bekommt man das

Nationalgetränk natürlich auch in jedem Supermarkt. Und wenn es den im Supermarkt gibt, dann natürlich auch in guter Qualität, zu günstigen Preisen. Kurze Lieferwege, keine Auslandszölle und außerdem wissen Italiener, was gut ist. Ein echter Italiener wird sich doch nicht mit schlechtem Grappa abgeben. Eine ganz einfache Gedankenkette. Ich fand sie sehr plausibel und entsprechend handelte ich. Um es abzukürzen – ich wollte gerne am Abend auf dem Balkon mit Blick über den See einen Grappa trinken. Das ist Gemütlich, das ist italienisch. In meiner Vorstellung würden die Lichter der kleinen Städte an den Ufern des Sees ihre Lampen im See spiegeln lassen und die Madonna di Sasso würde wie jeden Abend strahlend mitten am Hang im dunklen Nirgendwo strahlen, wie kein anderes Licht am See. In meiner Fantasie konnte ich schon den leichten Abendwind vom See auf meiner Haut spüren und das feine Bukett des Grappas schmecken. Überzeugt von meiner logisch aufgebauten Kette an Argumenten, stürmte ich in den nächstbesten Supermarkt in Omegna und suchte das Grapparegal auf. Hier wollte ich meine aufgestellte These auch in der Praxis bestätigt wissen. Leider fiel das erwartete Grapparegal kleiner als erhofft aus. Sehr viel kleiner. Es standen lediglich drei verschiedene

Grappas nebeneinander im Regal. Das war enttäuschend, machte aber auch die Entscheidungsfindung einfacher. Außerdem sagte ich mir, drei gute Grappaflaschen im Regal sind vollkommend ausreichend für verwöhnte italienische Kehlen. Und da ich ja, wie ebenschon bewiesen, nicht nur ein rational denkender Mensch bin, und auch den ökonomischen Aspekt nicht unberücksichtigt lassen wollte, kaufte ich alle Drei. Meine Frau rollte mit den Augen, da ihr die mir gegebene rationale und ökonomische Denkweise leider fehlte und sie somit kein Verständnis für meinen wohlerdachten Plan aufbringen konnte. Zudem fehlte ihr der nötige Enthusiasmus für einen guten Grappa.

Der Tag verging und es kam der Abend. Nach einem Abendspaziergang durch den kleinen Ort Miasino machten wir es uns auf der Dachterrasse der Ferienwohnung gemütlich. Der See lag friedlich zu unseren Füßen. Mit einem Gewitter war an diesem Abend nicht zu rechnen. Alles entsprach genau meinen Vorstellungen vom heutigen Mittag. Dieser Moment verlangte förmlich nach einem guten, fein abgestimmten Grappa für das perfekte italienische Abendgefühl. Leicht, sonnig, mit einem Hauch von Fruchtigkeit im Abgang. Ich holte zwei passende Gläser, was bei der zusammengewürfelten Küchenausstattung nicht ganz einfach war, und eine der drei Flaschen. Ich entschied nach Etikett. Gekonnt servierte ich meiner Frau und mir eine kleine Runde Grappa auf einem kleinen Tablett, welches ich auch noch in der Küche fand. Etwas Etikette kann ja nicht schaden, um solch einem Moment einen gebührenden Rahmen zu geben. Manchmal sind es die Kleinigkeiten, die einen schönen Moment noch mehr abrunden. Und wenn es nur ein kleines Tablett ist. Ich setzte mich in einen der Liegestühle, hob das Glas, lobte diesen italienischen Moment an diesem angenehm milden Abend und stieß mit meiner Frau auf einen wunderschönen Urlaub an. Nach dem ersten Schluck mussten wir beide heftigst husten. Der Grappa brannte wie Feuer und entwickelte wider Erwarten nicht die feine Note eines guten Grappas auf der Zunge. Es fehlte auch die Fruchtigkeit im Abgang. Mit schmerzverzerrtem Gesicht sah mich meine Frau an. „Ist das Brennspiritus?" krächzte sie. Der Grappa hatte scheinbar ihre Stimmbänder verätzt. Noch immer das Feuer des Grappas im Halse spürend, entgegnete ich mit einem Tränchen im Auge, dass groß *Grappa* und nicht *Beize* auf der Flasche stand. Ich war erschüttert. Der Grappa war furchtbar. Wie konnte das passieren? „Ich bin doch im Land des Grappas?", schoss es mir durch den Kopf. Das war schlimmer als der schlechteste Korn, den ich jemals getrunken habe. Es gab eigentlich nur eine logische Erklärung: Der Grappa muss wie ein Wein gekippt sein und hat sich in eine ungenießbare Flüssigkeit verwandelt. Es brannte dermaßen, dass es mir nicht schwerfiel, eine neue Theorie auf zu stellen: Mit dem Zeug kann man auch Farbe abbeizen. Ich war froh, dass die Flasche nicht so teuer im Einkauf gewesen war und sich der ökonomische Schaden in Grenzen hielt. Ein Fehlversuch, der sich damit als nicht so tragisch darstellte. Glücklicherweise hatte ich ja wohlweißlich noch zwei weitere Flaschen im Angebot. Eine von Dreien ist nicht schlimm und noch immer ein guter Schnitt. Ich musste die Sache jetzt mit Humor sehen. Immerhin hatte ich gegenüber meiner Frau eine These zu vertreten.

Ich nahm meiner Frau lächelnd das Glas ab, entschuldigte mich und verschwand wieder in der Küche. Die Reste aus den Gläsern entsorgte ich durch den Abfluss der Spüle. Die angefangene Flasche goss ich gleich hinterher. Eine Desinfektion des Abflusses konnte ja nicht schaden. „Dann muss eben die nächste Flasche die Ehre der grappaerzeugenden Industrie retten", dachte ich und griff mit neuem Enthusiasmus nach der nächsten Flasche. Ich spülte die Gläser aus und startete einen neuen Versuch. Allerdings wollte ich dann doch jetzt auf Nummer sicher gehen und füllte erst einmal nur ein Glas. Ich roch, ich nippte, ich kippte und entschied mich auch die letzten Keime in der Spüle zu beseitigen. Mein Sohn kam an der Küche vorbeigelaufen, um zu sehen, was ich da eigentlich veranstaltete. Im Türrahmen stehend verzog er das Gesicht und fragte, ob ich gerade Pinsel mit Terpentin reinige. Ich sah meinen Sohn an und verneinte diese Frage. „Ich versuche nur den Abfluss zu desinfizieren", gab ich meinem Sohn mit auf den Weg zurück ins Wohnzimmer. „Himmel, dass Zeug ist echt schlecht, wenn mein Sohn es für Pinselreiniger hält!" schüttelte ich den Kopf. Jetzt hatte ich schon zwei Flaschen Grappa durch den Abfluss gejagt. Zwei von Dreien. Meine These begann zu wackeln. Viel Geld für wenig Geschmack. Wenn die dritte Flasche jetzt auch noch auf diesem niedrigen Niveau arbeitet, dann habe ich wirklich einen Bock geschossen. Aber diese Schmach wollte ich mir lieber für später aufheben. Die Flasche blieb vorerst geschlossen. Erst einmal Gras über die Sache wachsen lassen. Jetzt keine Blöße geben. Das wird mir sonst noch Jahre lang aufs Brot geschmiert. Für mich stand aber fest, dass die dritte Flasche nicht viel besser sein würde und meine These vermutlich damit endgültig kippen würde. Ich nahm lieber zwei Weingläser und schenkte uns einen Wein ein. Da konnte ich wenigstens sicher sein, nichts verkehrt zu machen. Ich wollte auch die Haltbarkeit, dieses, an sich schönen Abend, nicht noch weiter strapazieren. „So, jetzt noch einen leckeren mit Glykol veredelten Wein hinterher und dann ist uns auch nicht so schnell kalt auf der Dachterrasse", kam ich unbeteiligt gut gelaunt mit einem schlechten Kalauer und den beiden Weinkelchen schwenkend zurück auf die Terrasse. „Alles wird wieder gut, alles tutto bene in Miasino!", frohlockte ich und versuchte den Sarkasmus in meiner Stimme zu unterdrücken. Meine eigentlich sonnigen Gedanken wollte ich nicht mit meinem eigenen Sarkasmus untergraben. Ich wollte diesen Abend wirklich nicht noch mehr auf die Probe stellen. Man weiss ja nie, wie strapazierfähig ein italienischer Moment tatsächlich sein kann. Aber es fiel mir schwer meine Gedanken von den beiden Fehlkäufen abzulenken. Was für ein Reinfall. Sollte ich nicht lieber den zweiten Fehlkauf, von dem meine Frau noch nichts wusste, auch noch beichten oder lieber für mich behalten? Ich war noch unsicher. Aber da ich ja weiß, dass sie nur darauf lauert, das Geständnis von mir zu hören, entschloss ich mich letztendlich die Flucht lieber nach vorne anzutreten. Kurz und schmerzlos. Ich hob das Weinglas und sagte „Ja Schatz, du hast recht!".

Die dritte Flasche wollte ich erst in Deutschland öffnen und notfalls weniger geliebten Gästen anbieten. Ein guter Plan. Das helle Licht der Madonna del Sasso auf der anderen Seeseite schien mir beizupflichten und meine kleine Beichte zu goutieren.

Stresa

Navi verweigert nach Neustart den Dienst endgültig, wähnt uns irgendwo bei Lyon in Frankreich - ca. 213 Kilometer bis nach Hamburg (geraten)

Wir fahren schon wieder eine ganze Weile auf der Autobahn. Kilometer für Kilometer. Die Kinder sehen sich auf ihrer Rückbank über das Laptop einen Film an. Vermutlich einen italienisch-deutschen Problemfilm von 1976. Na ja, vermutlich nicht. Ich weiß ehrlich gesagt nicht, was die Kinder sich gerade ansehen, aber ich bin auch einfach nur froh, dass die Kinder so gute Mitfahrer sind. Sie wissen sich immer zu beschäftigen. Sei es mit Lesen, Hörbuchhören, aus dem Fenster schauen oder, wie in diesem Falle, einen Film sich anzusehen.

Die Sonne ist ein wenig hinter den vorbeiziehenden Wolken hervorgetreten. So hell, dass es meine Frau veranlasste ihre blaue Sonnenbrille hervorzuholen und aufzusetzen. Und wie sie da auf dem Beifahrersitz in der Sonne sitzt, muss ich wieder feststellen, dass ihr die Brille ausgesprochen gutsteht. Welch ein Glücksgriff.

Mit einem Tränchen im Auge denke ich an etwas anderes, was den Transport vom Lago di Maggiore bis nach Hause weniger gut überstanden. Nein, es ist nicht die dritte Grappaflasche, die liegt wohl behütet unten im Kofferraum. Es ist, beziehungsweise war, ein handgefertigter Pizzateller. Groß und bunt. Und wie die Sonnenbrille, ebenfalls in dem Ort Stresa am Lago gekauft. Ein herber Verlust, über den ich mich noch immer maßlos ärgere. Diesen Teller hatten wir in einer der kleinen Seitengassen von Stresa, etwas abseits der Touristenströme, gefunden. Ein wunderschöner, jedes Pizzaessen veredelnder Pizzateller. Handgefertigt und kunstvoll, mit roten Paprika, Tomaten und Pilzen bemalt. Unter dem Teller stand zumindest nicht zu offensichtlich `Made in China´. In dem kleinen Geschäft gab es noch unzählige weitere handgefertigte Küchenutensilien, die ebenfalls farbenfroh mit jeglicher Art von Gemüse bemalt waren. Das gesamte Sortiment hätte sich fraglos gut in unserer heimischen Küche gemacht und viel Farbe mit eingebracht. Noch in dem Laden selbst überkam mich das Gefühl, genau hier und jetzt mit dem Kochen anzufangen. Etwas, was mir bis hierher eher fremd war. Ich fühlte mich von der Auswahl so inspiriert, dass ich am liebsten nebenbei auch noch unseren gesamten Küchenhausstand mit diesen bunten Tellern, Tassen und Schüsseln neu auszustatten überlegte. Jeder Griff in den Küchenschrank wäre dann ein Stück Italien gewesen. Aber wir entschieden uns lediglich für einen wunderschönen Pizzateller. Die Küchenschränke platzen sowieso schon bei uns zu Hause aus allen Nähten. Da hätte noch mehr Küchenkrams einfach keinen Platz mehr gefunden.

Hinter der Kasse begrüßte uns eine kleine alte Frau, die uns aus ihrer gebeugten Haltung ein freundliches Lächeln nach oben schickte. Am liebsten hätte ich sie in den Arm genommen, so knuffig war sie. Bei ihrem Anblick musste ich dem Ladenbesitzer gratulieren. Ein geschickter Schachzug, die vielleicht älteste Frau Italiens hier in den Laden zu stellen. Der Frau muss man einfach etwas abkaufen. Das gebietet schon die Ehre eines gut erzogenen Touristen.

Mit Erstaunen nahm ich den sicheren Umgang der alten Dame mit den neuen Errungenschaften des bargeldlosen Zahlungsverkehrs wahr, die zwar langsam, aber präzise den Zahlungsvorgang mit der Kreditkarte vorbereitete. Als ich ihre langsamen, aber zielführenden Bewegungen beobachtete, musste ich an meine eigene Mutter denken, die mit ihrem technischen Knowhow schon an der Ingangsetzung eines DVD-Players scheiterte.

Einem Medium, das auch langsam aus der Mode kommt.

Die in etwa 478 Jahre alte Verkäuferin wickelte den Teller liebevoll in Luftpolsterfolie und Pappe ein, um einen unbeschadeten Transfer bis in die Bundesrepublik sicherzustellen. Sie tat es so liebevoll und mit einer so ruhigen Hingabe, dass ich ein bisschen Angst bekam, noch, bevor sie mit dem Einpacken fertig ist, ihren 479sten Geburtstag mit ihr hier im Laden feiern zu müssen. Ich hätte ja nicht einmal ein angemessenes Geschenk parat gehabt. Aber sie gab ihr Bestes und dafür war ich ihr unendlich dankbar. Denn wenn ich vor etwas wirklich Angst hatte, dann war es der weite Transportweg nach Hause. Schon als ich den Teller in der Hand hielt, hatte ich intensiv über den Transport und die passende Verpackung nachgedacht. Ich kenne ja meine Unzulänglichkeiten beim Transport von heiklen Gütern. Immerhin hatte ich es schon mal geschafft, eine Schallplatte in einer Tüte beim Fahrradfahren zwischen Knie und Lenker einzuklemmen und zu zerbrechen. Ein bedenkliches Talent. Meine Bedenken gingen sogar soweit, dass ich schon kurz davor war, von dem Kauf eines so sensiblen Mitbringsels, dem Teller, abzuraten. Aber so gut wie die junggebliebene signora anziana den Teller einpackte, war ich beruhigt und konnte sogar mir zutrauen, die Verantwortung für diesen sensiblen Transport zu übernehmen. Und siehe da, die Freude hielt auch immerhin bis zum heutigen Morgen. Ja, man konnte sagen, der Teller hat den Transfer nach Deutschland soweit unbeschadet überstanden. Aber auch nein, er hat den Transfer nicht ganz bis nach Hamburg überlebt. An der ersten Raststätte in Deutschland rutschte mir der Teller beim Öffnen der Kofferraumhaube - wie in Zeitlupe - von einer der hochgestapelten Taschen, machte eine elegante halbe Drehung in der Luft und schlug Hochkant auf den Asphalt. Ein leises *Plock* erklang gedämpft durch die Pappe und die Luftpolsterfolie und verhieß nichts Gutes. Beim Auspacken wurde dann auch schnell klar, wir hatten jetzt ein fünfteiliges Pizzatellerpuzzle. Als ich das kleine, nicht mehr ganz so steife Päckchen im nächsten Müllcontainer entsorgte, dachte ich noch an die arme kleine Frau, die sich so viel Mühe mit dem Verpacken des Tellers gegeben hatte, und dass alle Mühe nicht meiner Tollpatschigkeit gewachsen war. Schade. Damit war der Griff nach einem kleinen Stück Italien im Küchenschrank dann auch passé.

Meine Gedanken bleiben in Stresa. Ich habe diesen Tag genossen und er zählte zu einem der entspanntesten Tage in diesem Urlaub. Und glücklicherweise gab es neben Küchengeschirr und viel italienischem Ambiente auch noch andere Dinge hier zu bewundern. Zum Beispiel einen kleinen See, der auf den gut klingenden Namen Lago Maggiore hörte. Das klingt gut, das hat Charisma. Die deutsche Übersetzung klingt weniger spektakulär und man muss den Italienern nach dieser Erkenntnis jegliche Art von Fantasie absprechen. „Großer See" klingt einfach wie bei Winnetou entlehnt. Großer See, vor hohem Berg, der den blauen Himmel berührt. Der Tag am Lago Maggiore war trotzdem toll, auch wenn wir keine als Indianer verkleidete Menschen mit französischem Akzent antrafen.

Wenn man zum ersten Mal, von einer der Passstraßen kommend, den Lago Maggiore unter sich elegant ausgebreitet liegen sieht, verschlägt es einem wirklich den Atem. Man glaubt ja gerne mal, Postkarten lügen, wenn sie einen Ort in bestem Licht und Farbe präsentieren. Am besten noch nachkoloriert. Hier wird man eines Besseren Belehrt. Auch Postkarten können untertreiben. Nicht einer im Auto sagte damals etwas, als wir kurz auf einem kleinen Parkplatz anhielten, um den ersten Blick über den See zu erleben. In Ehrfurcht erstarrt standen wir da und, man kann es nicht anders sagen, glotzten. Alle waren von dem Ausblick so gebannt, dass alles andere um uns herum nebensächlich wurde. Es ist schwer, solch einen ersten Ausblick, auf etwas so Wunderschönes, in Worte zu fassen. Man muss es eigentlich selbst gesehen haben. Vom schönsten Türkis, bis zum tiefsten Blauton hielt der See die volle Farbpalette bereit. Umrahmt von den Ausläufern der Alpen, die noch auf den Gipfeln Schneemützen trugen. Die kleinen, mit Palästen und aufwendig gestalteten Gärten bebauten Inseln im See leuchteten und die Fährschiffe zogen wie Flugzeuge am Himmel ihre Kondensstreifen schnurgerade durchs Wasser. Auf der gegenüberliegenden Seite konnte man in den östlichen Seitenarm und im Norden bis zu den Schweizer Alpen den See hinaufblicken. An den Ufern klebten die Städte und Dörfer mit ihren gelb gestrichenen Häusern und roten Ziegeldächern, die in der Sonne zu glühen schienen. Palmen wuchsen aus jedem Garten und alles, wirklich alles schien vor Lebensfreude zu schreien. Ja, hier waren wir richtig. Hier wollten wir einen wunderschönen Tag verbringen. An einem der schönsten Seen der Welt.

In Stresa suchten wir uns einen Parkplatz in einer der Seitenstraßen und ließen das Auto dort stehen. Stresa sollte man zu Fuß erleben und auf sich wirken lassen. Sagte uns der Reiseführer, der natürlich auch Stresa anzupreisen wusste.

Mondäne Hotels reihen sich an der Uferstraße aneinander. Den Blick aufs Wasser gerichtet. Einige Hotels stammen noch aus der Jahrhundertwende. Stuckfassaden soweit das Auge reicht. Jedes Hotel versucht den Nachbarn mit noch opulenteren Blumenarrangements an seinen vielen kleinen Balkonen zu übertrumpfen. Jedes noch so unscheinbare gusseiserne Ziergitter strotzte hier nur so vor Schnörkeln und Kringeln. Bei manchen Hotels wirken die Fassaden dermaßen überladen, dass mit dem Abfallen einer der alten Balkone jederzeit gerechnet werden kann. Ärgerlich für den englischen Rasen darunter. Und welch ein größeres Ärgernis für den zuständigen Rasenpfleger, der sichtlich viel Arbeit in die Pflege und die gleichmäßige Halmlänge investiert hat. Ich fühlte mich bei dem Anblick dieser prachtvollen Architektur wie in eine andere Zeit versetzt. Vor meinen Augen verwandelte sich alles in die Multicolorfarben der sechziger Jahre. Es liefen die Filme vor meinem inneren Auge ab, die ich damals als Kind im Fernsehen sah. Filmstars, Sternchen und der Jetset tummelten sich plötzlich auf der Promenade am See. Der Glanz der sechziger Jahre lebte auf. In luxuriösen Cabrios fuhren die Schönen und Reichen auf der Uferstraße durch den Ort. Catarina Valente sang dazu „Volare". Stresa muss einmal das Zentrum der High Society gewesen sein. Daran ließ die hier gebotene Architektur keinen Zweifel aufkommen. Alles atmet feudalen Reichtum. Aber die Multicolorfarben haben sich aus dem Fernsehen verabschiedet und auch der Jetset feiert jetzt woanders. Der Zahn der Zeit knabbert an der Substanz und mittlerweile bröckelte es etwas an der mondänen Fassade. Stresa hat mit einem etwas angestaubten Flair zu kämpfen. Die Promenade hat über die letzten Jahrzehnte etwas Patina angesetzt. Es ist zwar immer noch alles schön, teuer und gutaussehend, aber in den Details zeigt sich der Verfall. Mit etwas Wehmut nahm ich zur Kenntnis, dass an den meisten Laternen die Farbe abblätterte und die Rostblasen schon deutlich größer waren, als an meinem Auto. Bei einigen Laternen auf der Promenade fehlten sogar schon einige der Glaskugeln, die eigentlich den hellen Schein der darin steckenden Glühbirne mattieren sollten und hier und da zeigten die Geländer, die einen vor dem tiefen Sturz in den Lago abhalten sollten, erhebliche Rost- und Abbruchspuren. Da haben wohl zu viele Hunde ihre Beinchen seit dem letzten Anstrich gehoben. Aus unerfindlichen Gründen hatte ich das

Gefühl in einem mit Staub bedeckten Wunderland zu sein. Etwas aus der Zeit Gefallenes lag über diesem Ort. Vielleicht lag es aber auch daran, dass ich in meiner Phantasie gerade schicke alte 60ziger Jahre Edelkarossen vor diesen Hotels und diesem See sah, aber in Wirklichkeit nur alte Leute mit japanischen Kleinwagen an mir vorbeifuhren. Die Borromäischen Inseln im See taten ihr Übriges. Alle herausgeputzt, alle wunderschön, jede der Inseln auf seine eigene Art mit üppiger Botanik einzigartig arrangiert und irgendwie fremdartig. Aber auch Sichtlich nicht aus diesem Jahrhundert. Die Baumeister vergangener Tage haben ihren Stempel hinterlassen. Zu Konstruiert wirkt es auf mich. Man kann sagen, Ludwig der XIV wäre hier beim Lustwandeln durch die in Terrassen angelegten Gärten nicht weiter aufgefallen.

Das Wachstum der üppigen Natur wird hier am See nahezu pedantisch kontrolliert und auf Perfektion getrimmt. Als Unkraut sollte man sich lieber eine andere Gegend zum Leben suchen. Gärtner dürften hier ganzjährig ein gutes Auskommen haben. Spontanvegetation wird hier keine Chance gegeben. Ich konnte beim Betrachten noch nicht einmal genau den Grund für mein fremdelndes Empfinden benennen. Es war alles Wunderschön, alles genoss meine volle

Bewunderung und trotzdem fühlte ich mich unwohl. Wie ein Statist, der zum ersten Mal einen Drehtag vor einer wunderschönen Filmkulisse, die im Hintergrund in Wirklichkeit mit Holzbalken am Umkippen gehindert wird, absolvieren darf. Unsicher, aber zutiefst fasziniert von der gesamten Szenerie. Ich bewegte mich hier auf mir unbekanntem Terrain. In meinem Dänemark gibt es solche Inseln nicht.

In einem Straßencafé machten wir halt. Die Eindrücke wollten erst einmal verarbeitet werden. Es war heiß und es war um die Mittagszeit. Essen wollte eigentlich noch keiner, nur die Kinder wünschten sich ein Stück von der leckeren Torte aus der Auslage. Das Gute an der Torte war, sie war sehr erfrischend und die Kinder konnten sie Stück für Stück genießen und sie nicht gleich herunter schlingen. Der Kuchen war noch gefroren. Welch Glück und so hatten wir sehr viel Zeit unseren Kaffee mit der dem Ort angemessenen Ruhe trinken zu können. Natürlich stilvoll mit Blick auf den See. So sollte Urlaub immer sein. Man sollte für Kinder immer ein Stück gefrorenen Kuchen dabeihaben. Nur das laute Geklapper der Kinder, beim Kratzen an dem Kuchen mit ihren Löffeln, störte ein wenig.

Irgendwann war aber auch der Kuchen aufgetaut und das Geklapper zu ende.

Weiter ging es in die engen Gassen der Altstadt von Stresa.

Delikatessengeschäfte, Restaurants und Andenkenläden reihten sich aneinander und ein sich zwischen den Häusern öffnender Marktplatz lud zu einem weiteren Kaffee unter einem der zahlreichen Sonnenschirme ein. Wunderschön und glücklicherweise nicht von Touristen übermäßig überlaufen. Was ein angenehmes Flanieren erlaubte. Aber ich rechnete fest damit, dass der nächste Reisebus mit Senioren nicht mehr lange auf sich warten lässt und seine beige Fracht aus allen europäischen Ländern in die engen Gassen entladen würde. Aber nichts passierte. Die Familie stromerte weiter recht alleine durch die Gassen und sog die italienische Atmosphäre mit allen Sinnen auf, bis wir vor einem Geschäft mit Glühbirnen, Wischtüchern, Feuermeldern und Batterien in der Auslage standen. Dabei fiel meiner Frau prompt ein, dass in der Ferienwohnung ja gleich zur Begrüßung bei unserer Ankunft eine der Glühbirnen aus unerfindlichen Gründen aus der Fassung gefallen und auf dem Boden mit einem lauten Knall zerschellt war. Die Fassung brauchte eine Birne und mit dieser Mission stürmte sie dann auch in den Laden. Ich folgte mit den Kindern.

223

Dieser Laden war wirklich auf seine Art außergewöhnlich. Hier gab es neben vielen Haushaltswaren auch Karnevalskostüme, sehr knapp geschnitten für die Frau von heute, und Pumps mit Absätzen, die man sonst eher in den Schuhgeschäften der Hamburger Reeperbahn erwartet hätte. Dazwischen gab es aber auch Klobürsten, Wärmepflaster, Reinigungsmittel und Sitzkissen.

Die Sonnenbrille, die sie neben der erhofften Glühbirne gekauft hatte und jetzt neben mir im Auto auf ihrer schönen Nase saß, stand ihr wirklich ausgezeichnet. Das musste ich noch einmal ganz schnell mit einem Seitenblick feststellen, ohne allzu lange die Augen von der schnurgeraden Autobahn zu nehmen und ärgerte mich gleichzeitig, dass man in Hamburg so selten Karneval feiert. Ich trank einen Schluck aus der Wasserflasche, sah die Flasche an und dann meine Frau. Ich fragte, ob der Anblick dieser Flasche irgendwelche Erinnerungen in ihr wecken und sie irgendeinen Zusammenhang zu Stresa herleiten könne. Sie brauchte nicht lange zu überlegen und verschluckte sich fast vor Lachen an ihrem Apfel, dem letzten verbliebenen Relikt vom letzten Einkauf in Italien.

Ja, es war nicht die beste Art seinen Müll zu entsorgen, aber in Italien ist das ansonsten nicht ganz einfach. Ja, wir hatten unsere im Kofferraum gesammelten Glasflaschen in Stresa in den an den Straßenlaternen hängenden Mülleimern, in der kleinen Seitenstraße in der wir geparkt hatten, entsorgt. Um es etwas zu kaschieren hatten wir in jeden Eimer nur ein paar Flaschen eingeworfen. Aber wir fuhren zu der Zeit bereits seit über einer Woche mit den sich mehrenden Flaschen umher und hatten nicht einen Sammelcontainer für Altglas entdeckt. Das Duale System in Italien hatte uns überfordert. Das System hinter der organisierten Abfallentsorgung sich uns nicht erschlossen. Beispielsweise, wie die richtige Handhabung von Altglas gewollt ist. In der Wohnung, oder besser gesagt auf dem Balkon, füllten sich langsam die vier für die Mülltrennung vorgesehenen Säcke – eine Glassammlung war hier nicht vorgesehen - und auch der Biomüll machte bei den heißen Temperaturen langsam auf sich aufmerksam. Ich rechnete jederzeit damit, dass der Biomüll ins Wohnzimmer gelaufen kommt und nach einem Glas Wasser fragt. Oder ich beim Öffnen des Deckels der Biomülltonne von den Karottenschalen bepöbelt werde, ich möge doch bitte das Licht wieder ausmachen. Keiner kam und holte die Säcke ab und auch auf den Fahrten durch Norditalien war weit und breit keine Abgabestation zu finden. Mit

Blick auf die anstehende Abfahrt nach Hause ein ernsthaftes Problem für mich. Man wollte ja nicht die Wohnung mit dem ganzen Müll hinterlassen. Das wirft ja ein seltsames Licht auf einen und alle anderen Touristen. Wir waren wegen des Müllproblems echt verunsichert. Mittlerweile rutschten die leeren Flaschen bei jeder Kurve durch den Kofferraum und verursachten einen Höllenkrach. Und ich muss gestehen, ich war es, der sich irgendwann weigerte, so weiter zu fahren. Zumal ich wusste, dass die Rückfahrt über die Berge nach Miasino wieder kurvenreich werden würde. Die kleinen grünen Mülleimer an den Laternen, die eher zu Dekorationszwecken an den Laternen hingen, waren vielleicht nicht die eleganteste Lösung, aber die Einzige, die sich uns hier bot. Lustig war hingegen die Vorstellung, was Passanten bei dem Anblick der Weinflaschen und der beiden Grappaflaschen in den Mülleimern dachten und die Spekulationen die damit einher gingen, was für eine Reisegruppe hier wohl gefeiert haben könnte.

Miasino, fast vergessen

Was wir erst viele Tage später feststellten, war, dass wir unser kleines Bergdorf Miasino noch nie ernsthaft durchwandert hatten. Eigentlich wussten wir nichts über das Dorf. Das Dorf, das eigentlich seit 10 Tagen unser Zuhause darstellte. Selbst Kassel schien uns vertrauter. Wir waren immer nur die enge Straße durchs Dorf gefahren, um auf die Hauptstraße nach sonst wohin zu gelangen. Uns zog es komischerweise immer aus dem Dorf. Immer zu weit entfernten Zielen. Wir hatten bereits Mailand, Turin, Stresa am Lago Maggiore besucht. Wir hatten Tagesausflüge in andere Ortschaften rund um den See unternommen. Und wenn wir nicht irgendwo hingefahren sind, dann zog es uns unweigerlich runter an den See. Aber das Dorf, das Dorf in dem wir lebten, wohnten, urlaubmachten, dass hatten wir nie weiter beachtet oder wahrgenommen. Eher durch einen erzwungenen Zufall wurde uns dieser Missstand bewusst. So in etwa, wie jetzt in diesem Moment vor uns auf der Autobahn. Es wurde nämlich eine neue Baustelle angekündigt. Mit Fahrbahnverengung. Der zunehmende Verkehr staute sich zusehends und Schluss endlich standen wir im Stau und es ging nichts mehr. Wir standen. Es wäre aber auch zu schön gewesen. Bis hierher war die Fahrt gelaufen, wie geschnitten Brot. Man kann es nicht anders sagen. Aber auch nicht ändern. Aber genau so war es auch in Miasino eines Tages passiert. Nur ohne Vorankündigung. Zumindest ohne eine für uns ersichtliche Ankündigung, was aber ja nichts zu heißen hat. Von einem auf den anderen Tag war sie da. Die Baustelle. Die einzige kleine Zufahrtstraße zum Haus war abgesperrt. Erdarbeiten an den Sielen. Keine Chance mit dem Auto vom Haus weg zu kommen. Also machten wir das Beste daraus. So an den Ort gefesselt, blieb eigentlich keine andere Möglichkeit, als zu Fuß den Ort zu erkunden. Hier auf der Autobahn blieben wir allerdings im Auto sitzen und machten auf andere Art und Weise das Beste draus.

Ich stieß meine Frau an, die schon wieder drohte langsam wegzunicken hinter ihrer blauen Sonnenbrille. „Wie kann man bloß ständig im Auto einschlafen?", wunderte ich mich. „Eigentlich schade, dass wir erst so spät den eigenen Ort erkundet haben!", schob ich hinterher, um meiner Frau etwas zum Nachdenken zu geben. Die sah mich wiederum etwas verständnislos an und ich merkte, dass sie mir nicht ganz folgen konnte. „In dem kleinen Lebensmittelgeschäft in Miasino hätte ich gerne häufiger mal eingekauft!" setzte ich meinen Versuch einer Unterhaltung fort und langsam dämmerte es ihr, wo ich mich mit meinen Gedanken gerade bewegte. „Du bist mit Deinen Gedanken noch immer im Urlaub?", antwortete sie mir etwas lakonisch. „Es scheint Dir wirklich in Italien gefallen zu haben, wenn Du noch immer durch die Straßen von Miasino streifst!" Mit einem Lächeln rundete sie diese Feststellung ab. Aber sie konnte jetzt den Faden aufnehmen und nachvollziehen, an was ich dachte.

Ich nahm damals die gesperrte Straße als Anlass, endlich einmal zu dem kleinen Lebensmittelgeschäft im Herzen von Miasino zu schlendern. Bisher konnte ich es immer nur im Vorbeifahren aus dem Auto heraus betrachten und mir jedes Mal nur Vornehmen, dort einkaufen zu gehen. Jetzt war die Gelegenheit endlich auch mal wirklich hineinzugehen. Meine Tochter, von Langerweile geplagt, begleitete mich. Und es stellte sich als ein Erlebnis für uns beide heraus. Vater und Tochter gemeinsam beim kleinen Italiener um die Ecke. Wir kamen an diesem Tag ganz aufgeregt zurück in unsere kleine Ferienwohnung, mit Brötchen, Weintrauben und Schinken im Gepäck. Meine Tochter erzählte euphorisch am Frühstückstisch, wie ihr Papa, also ich, mit Händen und Füßen versuchte, dem charmanten Verkäufer seine Kaufwünsche zu erklären und es auch nach langem Hin und Her sogar hinbekam. Der Verkäufer auf Italienisch, ihr Vater ohne Worte. Auch ein Zeigefinger kann sprechen.

Der Einkauf hinterließ Spuren bei unserer Tochter. Sie war so begeistert, dass sie am Abend die Zahlen auf Italienisch von Eins bis Zehn lernte und sich einen Satz zum Brötchen bestellen zurechtlegte. Sie wollte es besser machen als ich. Sie wollte auf Italienisch sich erklären können.

Am nächsten Morgen gingen Vater und Tochter wieder gemeinsam zu dem kleinen Ladengeschäft und sie trug ihren einstudierten Satz vor. Der Verkäufer war so begeistert, dass er uns gleich einen Strunk frischer Weintrauben in die Hand drückte und wild gestikulierend seine Freude ausdrückte. Danach unterhielten sich meine Tochter und der kleine Italiener noch weiter. Er führte sie durch das Sortiment und nannte die italienischen Bezeichnungen. Meine Tochter sog alles auf, wiederholte die Namen und versuchte sich alles zu merken. Irgendwann zeigte der Ladeninhaber nur noch auf verschiedene Obst- und Gemüsesorten und meine Tochter gab die Antworten. Ein Abfragen des Erlernten und man merkte den beiden den Spaß an, den sie da bei hatten. Eigentlich hätte ich auch in der Zwischenzeit schon wieder nach Hause gehen können. Die beiden hätten es nicht bemerkt.

Meine Tochter zeigte mir eindrücklich, wie weit ich noch von einem Weltmann entfernt bin. Sie führte mir eindrücklich vor Augen, dass man sich einiges erarbeiten muss, um die Qualifikationen eines weltmännisch Gewandten zu erlangen. Aber ich stellte auch mit Genugtuung fest - meine Tochter war auf dem richtigen Weg. Schade, dass wir erst so spät im Urlaub diesen kleinen Laden für uns entdeckt haben. Ein paar Tage länger und meine Tochter hätte hinter dem Tresen die Bedienung übernehmen können. Aber leider blieb nicht mehr viel Zeit. Die Abfahrt in die Heimat rückte näher und wir schafften es gerade noch ein einziges Mal das kleine Geschäft mit seinem fröhlichen Inhaber zu besuchen.

„Stimmt, der Spaziergang an dem Tag war toll" stieg meine Frau jetzt mit ein. „Ich war echt überrascht, wie groß Miasino eigentlich ist. Das hatte ich erst gar nicht so wahrgenommen. Weißt Du noch, wie wir diese kleine enge Gasse weiter den Berg hinauf durchs Dorf gegangen sind und plötzlich vor dieser riesigen Kirche standen? Ich fand das wahnsinnig beeindruckend und vor allem, dass sie da so unerwartet vor uns stand. Damit hatte ich nun wirklich nicht gerechnet, solch ein Bauwerk dort oben vorzufinden!" Das stimmte, dieses Dorf hielt einige unerwartete Überraschungen für uns an diesem Tage parat. Oberhalb von Miasino hatten wir tatsächlich eine nicht erwartete Kirche gefunden. Die Chiesa San Rocco, die mit einer wirklich stattlichen Erscheinung sich uns in den Weg stellte.

Erhaben thront sie oberhalb von Miasino. Sie hat wirklich einen sehr exponierten Platz. Von hier konnten wir weit über das Dorf, den See und die gegenüberliegenden Berge blicken. Atemberaubend schön. Die Kirche wirkte allerdings eher etwas heruntergekommen und mal wieder wie eine aufgestellte Fassade. Wie eine Filmkulisse, die von hinten mit Balken gestützt wird. Die Fassade hätte einem Sergio Leone Film alle Ehre gemacht. Ich vergewisserte mich aber damals vorsorglich, dass dem nicht so ist. Ich schlich um eine der Ecken, um hinter die Kirche zu gelangen und stellte erleichtert fest: „Echt und von solider Bauweise, keine Filmkulisse!" Leider war die Kirche verschlossen. Nur der Prospekt in einem Schaukasten zeigte einige Innenaufnahmen. Das Innere passte nicht zum äußeren Erscheinungsbild. Innen herrschten Marmor, Blattgold und ein pompöser Altar. Mir flößte dieser Sakralbau auch ein wenig Angst ein. Oder war es eher Einschüchterung, die der Bau auf mich wirken ließ? Stand man auf den Stufen des Portals und blickte nach oben, dann schien die Fassade direkt in den Himmel zu wachsen. Und durch die ziehenden Wolken mutete es an, als ob der Bau sich über einen zu neigen begann. Ich musste wieder an einen Satz denken, den ich einmal gelesen habe. „Wer wenig weiß, muss viel Glauben!" Ein Satz, der mir hier in Norditalien des Öfteren in den Sinn kam. Ohne natürlich die mich hier umgebenden heiligen Orten des Glaubens in irgendeiner Form in Fragestellen zu wollen. Ich wollte mich ja nicht der Ketzerei schuldig machen und die heilige Inquisition auf den Plan rufen. Aber dieser sehr alte Ort, seine alte Bausubstanz und dann noch diese, für meine Begriffe völlig überdimensionierte Kirche, riefen mir auch mal wieder die Bilder und die Geschichte von Umberto Ecos *Der Name der Rose* ins Gedächtnis. Einschüchterung durch Größe. Eine Machtdemonstration.

Diese Einschüchterung scheint aber nicht auf alle zu wirken. Dass die Kirche verschlossen war, hatte einen ganz einfachen Grund, wie wir später rausfanden. Kunsträuber hatten in der jüngeren Vergangenheit bereits mehrfach die Kirche heimgesucht. Da kann man wohl davon ausgehen, dass es sich bei den Dieben nicht um Schäfchen aus der Gegend handelte und sie keine strenggläubigen Katholiken waren. Das läuternde Licht der Madonna del Sasso auf der anderen Seeseite hätte doch so etwas niemals zugelassen. Zusätzlich fanden wir (leider auch erst später) heraus, dass man die Kirche trotz dessen hätte besichtigen können. Über das Gemeindeamt hätten wir eine Führung vereinbaren können.

Ohne Besichtigung verließen wir den Kirchenvorplatz und machten uns weiter auf den Weg durch das Dorf. Der Ort musste wirklich ein alt eingesessenes Bergdorf sein. Die Bausubstanz war von der Zeit gezeichnet und marode. Teilweise eingefallen. Beim Gang durch die engen Gassen lief die Angst immer mit, jeden Moment unter den einstürzenden Mauern eines Hauses begraben zu werden. Aber es war nicht alles so, denn dann standen immer wieder, im totalen Kontrast dazu, ausgesprochen gut erhaltene und gepflegte Gebäude, Wand an Wand mit den abbruchreifen Häusern. Es machte Spaß durch diese Gassen zu schlendern und ein kleiner Teil des Lebens in Miasino zu sein. Hier schrie nichts nach Tourismus, hier gab es keine Souvenirshops. Ausgerechnet ich, der noch nie so richtig in Italien war, der der Sprache so gar nicht mächtig ist, lebte hier in einem italienischen Bergdorf und fühlte sich auch noch pudelwohl. Italienisch wohl. Und ich hätte mich vermutlich noch wohler gefühlt, hätten wir diese Ortsbegehung einfach schon viel früher gemacht.

Es gab sogar ein Restaurant in diesem kleinen beschaulichen Ort, aber das hatten wir tatsächlich quasi erst am Abreisetag entdeckt und keine Gelegenheit mehr gehabt, dort einmal Essen zu gehen. Ein Restaurant, welches in der Villa Nigra beheimatet ist, einem Regional bekanntem Kulturgut, mit regelmäßigen kulturellen Veranstaltungen. Dieser auf Ignoranz basierende Missstand wurde uns eines Abends knallhart vor Augen geführt. Nach einem Spaziergang am See führte uns unser Weg an dem Innenhof der Villa Nigra vorbei, aus dem Innern tönte eine Veranstaltung auf die Straße und ein Plakat am Eingang verkündete, dass gerade ein OpenAir Kino stattfand. Ausgerechnet der Film *Soulkitchen* von dem Regisseur Fatih Akin wurde zum Besten gegeben. Ein Film, den ich liebe und der in Hamburg spielt. Wann hat man schon die Chance einen geliebten Film, OpenAir, mit einem guten Glas Wein, in solch einer Kulisse auf Italienisch zu sehen? Und das lächerliche zehn Gehminuten von der eigenen Wohnung entfernt. Schade. Manchmal sollte man erst seine nähere Umgebung erkunden, bevor man größere Kreise zieht. Aber die Chance hatten wir nun leider vertan. Auch die Chance, einfach nur so einmal einen Wein am Abend dort zu uns zunehmen. Auch ohne *Soulkitchen*.

Ein italienisches Bühnenstück

Je länger man an einem solch schönen Ort weilt, umso mehr lernt man die anders schönen Momente kennen und vor allem zu schätzen. Die kleinen Momente. Momente, die in keinem Touristenführer stehen. Momente, die nicht direkt sichtbar sind und auch nicht erzwungen werden können. Momente, die nur durch stilles Beobachten wahrgenommen werden können. Wenn der Moment, zu einem guten Gefühl wird. Ein solcher Moment kann sich entwickeln, wenn am Abend die Touristenströme abnehmen und in den kleinen Gassen von Orta und San Giulio langsam etwas Ruhe einkehrt. Dann entfalten die Flaniermeile, die Häuser, die Schaufenster und die Restaurants ihren ganzen Charme. Die Hektik des Tages verschwindet aus den kleinen Straßen und es kehrt eine gelöste Atmosphäre ein. Die noch zwischen den Häusern stehende Hitze wird mit einem feinen Sprühnebel aus Wasser vertrieben und für die Verweilenden erträglicher gemacht. Jetzt beginnt der gemütliche Teil. Die kleinen Tische der Restaurants rücken näher zusammen und laden zum Glas Wein ein. Die Gespräche wandern jetzt von Tisch zu Tisch. Eine gelöste Atmosphäre macht sich breit. Vielleicht spürt man erst in solchen Momenten das, was das so viel gepriesene italienische Lebensgefühl ausmacht. La Dolce Vita. Die Sonne geht und das Leben erwacht in den kleinen Städten. Die Häuser öffnen sich. Die tagsüber verschlossenen Fensterläden werden aufgestoßen und lassen das eingesperrte Leben hinaus. Man möchte meinen, dass befreiende Aufatmen der Häuser nach einem heißen Tag in den Gassen hören zu können. Man sieht Menschen, man sieht die Bewohner der Stadt. Gesprächsfetzen wehen aus den Häusern in die kleinen Gassen. Von Fenster zu Fenster wird gegrüßt oder lamentiert. Das Touristengemurmel wird durch den Auftritt der Einheimischen abgelöst. Ein ungeahntes pulsierendes Leben erfüllt den kleinen Ort. Ein kleines Bühnenstück italienischen Lebens beginnt. Und wir durften still lauschend an unserem kleinen Tisch an diesem Erwachen teilhaben. Diese zwei Leben, diese Veränderung des geschäftigen Treibens, diese Metamorphose, die sich hier allabendlich vollzieht. Eine Metamorphose, die ich bisher nur auf der Nordseeinsel Helgoland in ähnlicher Weise beobachten konnte. Auch hier findet allabendlich eine Wandlung statt. Wenn das letzte Schiff mit den Tagestouristen abgelegt hat und zurück in Richtung Festland zieht, dann verändert sich auch hier das

Gesicht der Insel. Es wird zusehends ruhiger, ab hier beginnt der gemütliche Teil des Tages. Die Leute werden entspannter, die Einheimischen kommen aus ihren Häusern, haben Zeit für einen Plausch. Die Einheimischen übernehmen wieder ihre tagsüber den Touristen geliehene Insel. Hier in Orta übernehmen jetzt wieder die Einheimischen ihren kleinen Ort. Die Wirte treten vor die eigene Tür, setzen sich zu wohlbekannten Gästen. Der Angestellte aus dem Delikatessengeschäft von Nebenan gesellt sich nach Ladenschluss dazu und auch die Verkäuferin aus dem Souvenirgeschäft geht nach dem verschließen des Ladens nicht gleich nach Hause. Eine kleine Runde entwickelt sich. Es wird diskutiert, gelacht und lamentiert und endlich, endlich erlebe ich die den Italienern nachgesagte Gestik. Die Arme und Hände fliegen und mit weit ausholenden Gesten wird das Gesprochene untermalt. Diese beiden Gläser Wein, die wir an diesem Abend in mitten der Altstadt tranken, zählen wohl zu den angenehmsten in meinem Leben. Nicht weil der Wein von einer hohen Qualität war, das Drumherum gab dem Ganzen diese einmalige Würze. Hier hätte vielleicht sogar der Grappa aus der noch verschlossenen dritten Flasche gut geschmeckt. Wir waren Zuschauer eines kleinen italienischen Bühnenstücks, in einer kleinen Gasse, an einem kleinen Tisch, mit einer weißen Tischdecke am Lago d'Orta. Es ist immer Schade, dass auch das schönste Bühnenstück irgendwann ein Ende haben muss. Aber irgendwann mussten wir das Theater des Lebens verlassen und den langen beschwerlichen Weg in unser kleines Bergdorf wieder antreten.

Ich überlege, ob es auch der Abend war, an dem wir zum ersten und einzigen Male Leben in unserer Villa Verde gesehen haben. Zum ersten Mal, dass das Haus nicht verwaist und unbewohnt aussah. Es ging auf jeden Fall zum Ende unseres Urlaubs hin. Als wir zum Haus kamen, waren tatsächlich alle Fensterläden des Hauses geöffnet und aus einem der Fenster lehnte ein älterer Herr und genoss sichtlich die frische Abendluft. Als er uns sah, begrüßte er uns freundlich, ich möchte fast überschwänglich sagen, und fragte uns etwas auf Italienisch. Vermutlich eine freundliche Floskel, um einen kleinen Smalltalk einzuleiten. Eine Geste, die der schöne Abend hervorrief. Ich erwiderte, dass wir Deutsche sind und setzte mein *ich kann kein Italienisch und verstehe nichts Gesicht* auf und lächelte. Daraufhin entließ er ein verstehendes Lachen in die Nacht, rief ein „tutto bene", blickte zum Himmel und verschwand in dem Zimmer hinter dem Fenster. Ratlos ließ er uns zurück. Aber recht hatte er. Alles tutto bene.

Torre di Buccione

Keine 100 Kilometer mehr bis nach Hamburg

Die Lüneburger Heide gab einen ersten Vorgeschmack auf die immer flacher werdende norddeutsche Landschaft. Irgendwie war es ja ganz schön, mal die Berge gesehen zu haben. Beeindruckend waren sie allemal. Die schroffen Felswände, die steil abfielen und irgendwo im Tal verschwanden. Die Wolken, die die Bergspitzen verhüllten oder die tiefstehende Sonne, die am Abend die Bergkämme noch golden erstrahlen und alles andere darunter im Schatten verschwinden ließ. Bemerkenswert fand ich auch die Menschen, die an diesen teilweise unbewohnbar wirkenden Berghängen zu leben verstanden. Sowohl damals vor einigen hundert Jahren, als auch heute. Wir waren Straßen gefahren, die auf abenteuerliche Weise am Hang entlangführten. Wo es rechts ins Nichts zu gehen schien und man bei einem Sturz direkt in die Unterwelt des Orkus durchgereicht wird. Wir sahen Burgen, die auf Felsen in schwindelerregenden Höhen thronten. Auf kleinsten Felsvorsprüngen, bei denen man sich fragte, warum der kleine Möchtegernmonarch nicht einfach den größeren Platz im Tal zum Bau seiner Burg genutzt hat. Es wäre auf jeden Fall einfacher gewesen. Aber die Menschen zieht es wohl immer nach oben. Auch wenn es einen deutlichen Mehraufwand erfordert. Wer in den Bergen lebt, muss nach oben gehen, um einen weiten Blick zu haben. In Norddeutschland ist die Erfüllung des Wunsches nach einem weiten Blick um ein Vielfaches einfacher. Hier sucht man sich den nächsten Knick am Acker und kann fast von der Nordsee bis zur Ostsee rüber sehen. Das hat Vorteile, denn es ist weniger schweißtreibend. Auch uns zog es immer wieder auf die Berge. Vielleicht hatte es mit dem fehlenden leeren Horizont zu tun. Ein Norddeutscher hat es irgendwann satt, immer nur auf die nächste Felswand blicken zu können.

Auch hierfür hatte der Reiseführer einen passenden Tipp an der Hand. Er versprach uns einen sehr weiten Blick. Mit Garantie. Er erklärte uns mit wenigen Worten den Weg zu einem ehemaligen Wehrturm, der am südlichen Ende des Lago auf einem Berg wachen sollte. Auf ein Bild verzichtete das Buch. Es wollte wohl nicht die Spannung rauben. Wie wir in einer von meiner Frau einberufenen Kulturstunde erfuhren, tat dieser Turm das bereits seit einigen Jahrhunderten und diente schon diversen Landesherren als Wachturm. Eine Glocke aus dem Jahre 1610, die noch immer in dem Turm hängen soll, diente allen als Alarmglocke und sollte die Menschen vor Angriffen oder anderen Gefahren warnen. Aber wichtiger war, dass der Reiseführer einen weiten Blick und ein unvergessliches Panorama versprach. Ich weiß noch, dass ich dieses vollmundige Versprechen mit Skepsis sah und mich nicht allzu sehr auf den Besuch freute.

Was im Reiseführer einfach klang, gestaltete sich schon bei der Anfahrt als schwierig. Wieder einmal konnte ich nicht umhin, mich über die Empfehlungen vom Reiseführer zu mokieren. Das Navi hatte schon lange seine Wegführung aufgegeben und unsere mangelhafte Straßenkarte kannte diese Straßen hier in den Bergen überhaupt nicht. Ich erlebte also eine totale Dienstverweigerung der üblichen Navigationshilfsmittel. Wir mussten uns also nach der Wegbeschreibung aus dem Reiseführer richten und an der Beschilderung am Straßenrand orientieren. Das war hier nicht ganz so einfach, wie es klingt. Schnell merkte ich, dass eine Beschilderung von Straßen nicht unbedingt zu den Stärken der Italiener gehört. Zweimal rauschten wir an dem kleinen Schild hinter dem Gebüsch und vor dem Baum vorbei, an dem wir eigentlich hätten abbiegen müssen. Mit schlechter Laune fanden wir den kleinen Stichweg dann doch noch, der zu einem noch kleineren Parkplatz führte. Ein weiteres Schild stellte das Erreichen des Torre di Buccione, den avisierten Wehrturm, nach einem 15 minütigen Fußmarsch, in Aussicht. Der Fußmarsch stellte wiederum kein Problem dar und oben erwartete uns tatsächlich ein ziemlich großer Wehrturm. Mindestens 20 Meter hoch und von stabiler quadratischer Bauweise. Ein solider Steinturm, der wohl auch noch die nächsten 300 Jahre hier oben stehen wird. Leider durfte man den Turm nicht betreten, aber ein Besucherbalkon, der bis über den Abhang reichte, lud zum Panoramablick über den Lago D´Orta ein. Ich musste meine Meinung über den Reiseführer revidieren und entschuldigte mich bei ihm für meine wüsten Beschimpfungen auf der Herfahrt. Er hatte wirklich nicht zu viel versprochen. Der Blick war beeindruckend und ließ die ganze Familie wieder einmal andächtig schweigend und staunend auf dem Balkon stehen. Es dauerte, bis wir uns von dem sagenhaften Ausblick losreißen konnten. Die Kinder begannen so gleich auch mit dem Kulturprogramm und den Turm und den Platz um ihn herum ausgiebig zu inspizieren. Ich widmete mich lieber der

Informationstafel, die Aufklärung über den Sinn und den Aufbau des Turms und der gesamten Wehranlage gab. Mein Sohn rief mir irgendwann fragend zu, in was für einem Loch er denn hier gerade stehen würde und was dessen Aufgabe mal war. Ich blickte zu meinem Sohn rüber und sah tatsächlich nur noch seinen Kopf aus einem Loch im Boden an einer der Seitenwände des Turms ragen. Ich suchte die Erklärung für die Vertiefung auf dem Bauplan und fand prompt den passenden Eintrag. Mein Sohn war mittlerweile ganz in dem Loch verschwunden und inspizierte tiefergehend das Gefundene. Ich rief „du stehst in der ehemaligen Toilette!" Ein Aufschrei ertönte aus der Grube und mein Sohn sprang mit einem vor Ekel verzerrtem Gesicht heraus. Angewidert rieb er sich die Hände an der Hose ab und murmelte etwas wie „scheiße" oder so, aber das konnte ich nicht genau verstehen. War vielleicht auch besser so.

Wir beschlossen ein kleines Picknick einzulegen und setzten uns in den Schatten eines Baumes an einen der hölzernen Picknicktische. Weit weg von der Grube. Mein Sohn mochte nichts mehr anfassen bevor er sich nicht die Hände gewaschen hat und verweigerte die Nahrungsaufnahme. Das nächste Waschbecken war weit.

Der Schatten war angenehm und sorgte für etwas Abkühlung. Zwei Wanderer kamen jetzt ebenfalls den Weg zum Turm herauf und ließen sich sichtlich erschöpft auf eine der Bänke fallen. Der eine der beiden Wanderer zog seine Wanderstiefel aus und beide Socken. Er inspizierte mit einem verkniffenen Gesichtsausdruck einen seiner Füße. Ich ging davon aus, dass er sich beim Aufstieg eine Blase gelaufen hat. Der Gesichtsausdruck des Wanderers ließ zumindest auf Schmerzen schließen. Wer weiß, wo die ihre Wanderung begonnen haben, überlegte ich. Vielleicht ja sogar in St. Giulio. Das wäre eine ordentliche Strecke gewesen. Der Wanderer tat mir ein wenig leid, wie er da mit seinem Fuß in den Händen saß und seine Blase begutachtete. Aber zollte ihnen auch eine gewisse Bewunderung für ihre Leistung. Immerhin steht der Turm ja wirklich sehr weit oben auf dem Berg und der Aufstieg bis hier her, war bestimmt beschwerlich gewesen. Vor allem bei dieser Hitze. Auch meine Frau beobachtete die Szene und winkte irgendwann nur einfach ab. Ohne einen Hauch von Empathie in der Stimme, sagte sie lapidar „mit Flip Flops wäre das nicht passiert!"

Orta am Abend

Der abendliche Spaziergang auf dem kleinen gepflasterten Uferweg rund um die kleine Halbinsel von St. Giulio war immer ein guter Ausklang. Nach einem heißen Tag war es ein angenehmes Gefühl an dem See zu stehen und die kühle Frische des leichten Windes zu spüren. Das Thermometer hatte seine über den gesamten Tag eingenommene Position auf der 36 verlassen, sich einem leichten kühlen Seelüftchen gebeugt und auf die angenehme 24 zurückgezogen. Die Sonne zog sich langsam hinter die umliegenden Bergen zurück und schickte allabendlich nur noch einen majestätischen Strahlenkranz über die Gipfel, als wollte sie sagen „ihr seht mich nicht mehr, aber ich bin immer noch da und strahlend schön". Eben war die Familie noch in den schmalen Gassen der Altstadt in einem kleinen Restaurant gewesen. Hier hatte die Gasse ein wenig mehr Raum gelassen, der von Tischen und Stühlen gefüllt wurde. Wir hatten Glück noch einen freien Tisch zu ergattern, da kurz danach eine Reisegruppe Touristen die kleinen Gassen fluteten und augenscheinlich ebenfalls einen Platz für ein Abendmahl suchten. Die Welle der Seniorenklasse zog unverrichteter Dinge weiter und es wurde wieder merklich ruhiger um uns herum. Es war schön hier in der kleinen Gasse zu sitzen, ein Glas Wein vor sich stehen zu haben und den Touristen beim Vorbeiflanieren zu beobachten. Dieser kleine Tisch, mit seiner rotweißkarierten Tischdecke, bildete eine kleine Insel der Ruhe und war nach einem anstrengenden Tag ein angenehmer Ausklang. Warum der Tag sich als anstrengend angefühlt hat, kann ich gar nicht mehr sagen. Aber es spielte auch überhaupt keine große Rolle mehr. Es war einfach ein wunderschöner Abend und als wir später am Abend auf einem der vielen kleinen Stege über dem Wasser saßen, schien das Glück perfekt. Der See breitete sich wie ein dunkler Teppich zu unseren Füßen aus. Das letzte Licht des Tages und die bereits eingeschalteten Laternen an der kleinen Uferpromenade ließen die kleinen Wellen auf dem See glitzern. Die Madonna del Sasso schickte wieder ihren grellen Schein in die Nacht und spiegelte sich ebenfalls auf dem See wider. Die ersten Fledermäuse begrüßten den Abend und begaben sich auf die Jagd. In waghalsiger Geschwindigkeit folgten sie den Insekten im zufällig erscheinenden Zickzackkurs. Erstaunlicherweise waren wir recht allein auf der Promenade und dem kleinen Holzsteg. Nur ab und an kamen Pärchen auf einem

Gutenachtspaziergang über die Promenade flaniert. Jetzt, wo wir kurz vor der Einfahrt nach Hamburg sind, wird mir klar, dass gerade dieser ruhige Abend vielleicht einer der besinnlichsten Momente in diesem Urlaub gewesen ist. Diese einzigartige Atmosphäre, diese italienische Atmosphäre. Eine perfekte Abendstimmung, die aus Frieden und Zufriedenheit bestand. Alles war vergessen. Es gab in diesem Moment nur wirklich diesen einen Moment. Keine Sorgen, keine Ängste, die einen sonst durch den Alltag begleiten.

Meine Frau durchbrach mit einem leisen Rascheln in ihrer Handtasche die Stille auf dem Steg und fragte, ob jemand noch einen Keks haben möchte. Alle sahen sie etwas erstaunt an und sie sagte, sie hätte den Keks vorhin in St. Giulio in einem Delikatessengeschäft gekauft. Er soll eine regionale Feinheit sein, pries sie ihn weiter an. Da konnten wir ja schlecht nein sagen. Sie versuchte den Keks in vier gleichgroße Stücke zu brechen, was ihr nicht besonders gut gelang. Der Mürbeteig war hart und widerspenstig. Irgendwann saßen wir alle wieder ganz andächtig auf dem Bootssteg nebeneinander und kauten jeder auf seinem eigenen kleinen Stück Keks herum. Er war sehr trocken. So hart und trocken, wie der Zement von Betonfüssen. Und so kam er auch etwas bröckelig über die Zunge. Aber er schmeckte. Nur die Geräusche vom Knabbern, Kratzen und Abbrechen störten ein wenig die Ruhe und Stille hier am See.

Wer hätte das nach all diesen Anlaufschwierigkeiten gedacht. Wenn mir jemand am ersten Abend in der Wohnung in Miasino, wo die Familienlaune noch unterhalb der Teppichkante lag, gesagt hätte, dass wir in zwei Wochen mit solch einer Zufriedenheit hier am See, mit einem Keks in der Hand, sitzen würden – ich hätte denjenigen für verrückt erklärt. Wobei ich nach nochmaligem Nachdenken, diese Aussage nochmals revidieren muss – hätte jemand mir zum Beginn der gesamten Urlaubsplanung gesagt, dass ich in etwa einem halben Jahr hier an diesem wunderschönen See in Italien sitzen würde und auf einen tollen und ereignisreichen Urlaub zurückblicken würde – ich hätte nur ein Kopfschütteln für denjenigen übrig gehabt.

Alle im Chor: Nur noch 16 Kilometer

Der Elbtunnel wird bereits am Straßenrand angekündigt. Nur noch wenige Kilometer und wir sind wieder Zuhause. Mit einem Lächeln denke ich an den Anfang dieser Sinnesreise - kurz hinter Ulm:

„Das war ein wirklich schwieriges Unterfangen, für dieses Jahr einen Sommerurlaub zu buchen!"

Nachgetreten

Ein Navigationsgerät soll eigentlich dafür sorgen, sein angepeiltes Ziel ohne größere Umwege zu erreichen. Das Navigationsgeräte manchmal an ihre Grenzen kommen, ist ja auch hinlänglich bekannt. Dafür sind bereits zu viele Autos bei Fähranlegern ins Wasser gefahren, Einbahnstraßen verkehrt herum oder irgendwelche Treppen hinabgefahren. Natürlich immer im blinden Vertrauen des Fahrers in das Gerät und ohne selber den geistigen Piloten im Kopf aktiviert zu haben. Das eigentliche Problem sitzt ja in den meisten Fällen hinterm Lenkrad und wenn dem so ist, dann kommt ja gerne mal Quatsch dabei heraus.

Ich musste feststellen, dass mein extra für diese Fahrt angeschaffte und nicht ganz billige Navigationsgerät, wie ich gerne mal betonen möchte, nicht ganz zurechnungsfähig war und vor allem ein Problem mit Kreisverkehren hatte. Selbst ein einfacher Kreisel, in einem kleineren Dorf auf dem Weg nach Turin, überforderte unseren elektronischen Navigator dermaßen, dass wir am Ende mehrfach auf einem angrenzenden Bauhof landeten. Das war irritierend, aber grundsätzlich nicht weiter schlimm. Fehler passieren. Weniger schön war nur die Tatsache, dass dieser Baustoffhandel weniger nach Verkauf aussah, als vielmehr nach einem Ort, um unliebsamen Nebenbuhlern Betonfüße zu verpassen. Mafiagerechte Entsorgung im nächsten See inklusive. Ob deutsche Touristen, die sich aufgrund mangelnder Ortskenntnisse des Navigationsgerätes ebenfalls hierher verirrt haben und jetzt im See stehen, ist nicht bekannt. Vielleicht hatten wir auch einfach Glück, dass wir nach einer weiteren Runde durch den Kreisel, entgegen der Weisung der netten Aufforderung aus dem Gerät, eine andere Abfahrt nahmen und so dem Ganzen entkommen konnten.

Und auch mit größeren Kreisverkehren hatte dieses Gerät seine Probleme. Ich denke da an Mailand, wo es in dem Kreisel rund um die Markthalle immer hin gefühlte 12 mögliche Abfahrten gab. Der Kreisel sah nicht danach aus, als ob er erst vor Kurzem in dieser Art eingerichtet worden wäre. Der Kreisel hätte unserm Navi also durchaus bekannt sein dürfen.

Ich lernte aus dieser Erfahrung: Es ist immer gut ein Navigationsgerät im Auto zu haben. Aber es ist noch besser eine detaillierte Landkarte zusätzlich in Griffweite zu wissen. Und am allerbesten ist es, mit den eigenen Sinnen und dem gegebenen Verstand den richtigen Weg zu suchen. Wie auch im richtigen Leben.

Ich glaube ja, dass unser Navigationsgerät eine Seele hat und genau wie wir, dem Charm Italiens erlegen ist und sich ebenfalls in eine entspannte Urlaubsstimmung gebracht hat. „Alles nicht so genau nehmen, dreh einfach noch ´ne Runde durch den Kreisel, c´est la vie!".

Insofern: Alles tutto bene.

Mein Dank geht an meine Familie und Freunde.
Sie haben meinen Dank wahrlich verdient.

Alle in diesem Buch beschriebenen Ereignisse,
Meinungen und Ansichten sind frei erfunden und
haben tatsächlich nicht so stattgefunden.
Oder vielleicht doch!? Man weiß es nicht.
Das Gleiche gilt auch für die beschriebenen
Charaktere. Sollte sich jemand wider Erwarten
wiedererkennen, dann ist dies natürlich ein reiner
Zufall.
Bezüglich der Stadt Kassel habe ich mir
vorgenommen, mein Wissen aufzustocken.

Sollte jemandem dieses Buch so gut gefallen
haben, dass er mehr lesen möchte, dann seien ihm
noch die Bücher

„Einer mäht immer den Rasen – Ein Tourist in
Dänemark"
und
„Zwischen Fjorden, Fähren und viel Fisch – Mit 45
PS durch Norwegen"
und
„Meine Sandkiste Dänemark – Eine kleine Reise
von Strand zu Strand"

ans Herz gelegt.

Und wem das immer noch nicht reicht – Eine
Webside gibt es natürlich auch.

Tillottensen.jimdofree.com

Fotos von Sven Lepthin